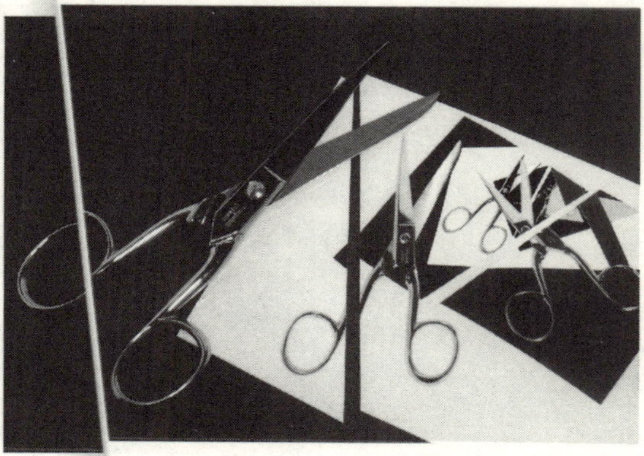

Collection S. Fischer

Wolfgang Hilbig

Abriß der Kritik

Frankfurter Poetikvorlesungen

S. Fischer

Collection S. Fischer
Herausgegeben von Uwe Wittstock

Band 83
Originalausgabe
Veröffentlicht im Fischer Taschenbuch Verlag GmbH,
Frankfurt am Main, Oktober 1995

Satz: Fotosatz Otto Gutfreund GmbH, Darmstadt
Druck und Bindung: Wagner GmbH, Nördlingen
Printed in Germany
ISBN 3-596-22383-0

1. Vorlesung

Solange ich mich mit dem Schreiben beschäftige, kenne ich einen bestimmten Widerstand gegen den Beginn des Schreibens. – Ich muß mich genauer ausdrücken: ich habe diesen Widerstand kennengelernt, als ich begann, mir Gedanken über das Schreiben zu machen. Es ist da ein Zögern vor dem ersten Satz, den ich nicht mehr in aller Unschuld hinschreiben kann: es gehört also eine schon mehr oder weniger andauernde Schreibpraxis zur Erfahrung dieses Zauderns. Ohne Zweifel ist die Hemmung, die ich meine, ein Ergebnis von *Kritik*. Jene Art von Kritik hat wer weiß wie vielen Anfangssätzen einen kategorischen Kommentar folgen lassen: *Unmöglich*! Und so ist eine ganze Reihe von Sätzen verhindert worden, besonders viele Textanfänge, und damit wahrscheinlich auch eine Reihe von Texten. Vielleicht zum Glück, könnte man sagen, wenn auch das Wort »unmöglich« in den meisten Fällen eine übertriebene Reaktion war.

Ich habe den angedeuteten Widerstand schon zu Zeiten verspürt, in denen ich noch nicht in der Lage war, etwas zu veröffentlichen. Er ist also ein Phänomen, das vorerst nichts zu tun hat mit Literaturkritik, mit jener Instanz, die sich der kulturellen Ressorts der Massenmedien bedient, welche man im Fall der Presse in der Regel das »Feuilleton« nennt. Aus dem Lexikon können wir erfahren, daß die Literaturkritik, oft in unzulässiger Vereinfachung die »Kritik« genannt, ihren bedeutendsten Aufschwung – mit so hervorragenden Vertretern wie Lessing und den Brüdern Schlegel in Deutschland, zum Beispiel – mit der Entwicklung des Zeitungs- und Zeitschriftenwesens am Ende des 18. Jahrhunderts erfuhr: wenn wir so wollen, können wir die Literaturkritik also eine Begleiterscheinung der sich etablierenden Bewußtseinsindustrie nennen.

»Bewußtseinsindustrie«, dies ist ein erschreckendes Wort, das durch die Zusammensetzung seiner disparaten Elemente schockierend wirkt. Es erinnert an alptraumartige Zukunftsvisionen, es legt den Gedanken an fabrikmäßig, also auf synthetischem Wege vorgefertigtes Bewußtsein nahe, es scheint für uns mit ideologischer Diktatur zusammenzuhängen, doch eine solche Vorstellung, wenn sie auch nicht vollkommen irreal ist, führt uns auf Abwege. Wenn wir das verbale Monstrum in seine Bestandteile zerlegen, stoßen wir auf zwei Begriffe, die wir uns vorderhand erklären können. Was *Bewußtsein* ist, glauben wir zu wissen, es findet sich in unseren Köpfen, und dort sieht es ziemlich autonom aus, jedenfalls, wenn man im weitgehend ideologiefreien Raum der Marktwirtschaft aufgewachsen ist. Wir haben die Wahl zwischen verschiedenen Möglichkeiten, dies scheint einer der Grundsätze unseres Bewußtseins zu sein.

Industrie ist dagegen etwas völlig anderes, sie ist eine Institution, die Waren produziert für den Markt, auf dem wir die Wahl haben, die also das herstellt, wofür es einen Bedarf gibt, auf welche Weise dieser Bedarf auch immer zustande gekommen ist. Der Begriff »Bewußtseinsindustrie« scheint vorauszusetzen, daß es einen Bedarf für Bewußtsein gibt und daß letzteres zur Deckung dieses Bedarfs zur Verfügung gestellt werden kann . . . und es gibt diesen Bedarf tatsächlich; wenn es ihn nicht gäbe, wäre Kritik zum Beispiel ein vollkommen fruchtloses Unterfangen. Medienkonzerne sind zweifellos Industrieunternehmen, und wahrscheinlich sind sie weniger krisenanfällig als etwa die Autoindustrie; man könnte vermuten, das liegt in der Natur ihrer Produkte. – Die Bewußtseinsindustrie also schafft sich einen Markt für Bewußtsein, wo sie dasselbe zum Verkauf anbietet, und wo wir die Wahl haben. Um wirklich die Wahl zu haben aber, benötigen wir Kritik: wir brauchen ein kritisches Bewußtsein, und die Marktstrategen der konkurrierenden Medienanbieter wissen um diesen Bedarf, und genau an diesem Punkt wird die Sache kompliziert. Hier stellt sich sofort die Frage, ob es den Medienkonzernen, wenn sie sich von kritischem Bewußtsein leiten lassen, in erster Linie darum geht, ihre Konkurrenten auszubooten, oder ob sie dabei die freie Meinungsbildung ihrer Kundschaft im Auge haben. Diese Frage können wir in den meisten Fällen nicht mehr entscheiden. Aus Gründen simpelster Logik scheint mir hier die eher pessimistische Schlußfolgerung angebracht, daß auch den Medienherstellern das Hemd näher ist als der Rock, das heißt, das demokratische Bewußtsein der Bürger rangiert bei ihnen erst an zweiter Stelle. Wenn die Bewußtseinsindustrie also behauptet, kritisches Bewußtsein zu verkaufen – und dies wird behauptet: Apostrophierungen wie »überparteilich«, »unabhängig«, auf die kaum ein Zeitungslayout verzichtet, weisen deutlich darauf hin –, dann mag sie das zwar wirklich tun, doch sie kann es nur bis zu einer bestimmten Grenze. Diese Grenze liegt ungefähr dort, wo es um die Konkurrenzfähigkeit des jeweiligen Mediums selber geht. In einem Klartext, der keiner mehr sein kann, heißt das: es geht auf dem Medienmarkt nicht in erster Linie um die scheinbar richtige Meinung, sondern um die möglichst stringente Behauptung der scheinbar richtigen Meinung. Und tatsächlich, es geht auf diesem sogenannten freien Markt am Ende nur noch darum, die Behauptung der einen richtigen Meinung durch die möglichst virtuose Behauptung einer anderen richtigen Meinung auszutricksen. Auf diesem Umfeld hat sich die Literaturkritik entwickelt, und es gibt keinen Grund für die Annahme, daß sie von den eben angedeuteten Mechanismen verschont geblieben sei.

Für das Objekt der Literaturkritik, für die Literatur, war jene Grenze, von der ich gesprochen habe, niemals im eigentlichen Sinn akzeptabel. Besonders in der Moderne hat die Literatur ihre eigene Existenz immer wieder in Frage gestellt, sie hat sich selbst andauernd Zerreißproben unterzogen, wie sie in vergleichbarer Form nur noch in den anderen beiden Hauptkünsten, in der Musik und in der bildenden Kunst, zu finden gewesen sind. Wenn es also in der Literatur ein Scheitern gibt, oder Momente des Scheiterns, so hat sie diese sich selbst zuzuschreiben.

Die Literatur hat ihre Zerstörungen selber hervorgerufen, und man kann der Literaturkritik des Feuilletons nicht vorwerfen, daß sie daran mitgewirkt habe oder gar, wie man es manchmal zu hören bekommt, daß sie dieses Scheitern auf irgendeiner Ebene inszeniert habe. Ihre Teilnahme beschränkte sich auf Reaktionen, auf Interpretationen und Kommentare. Auch wenn man ihr unterstellen könnte, daß sie zu einem gewissen Klima für ein Scheitern beitragen kann; man würde ihren Einfluß auf die primäre Literatur erheblich überschätzen, traute man ihr mehr zu. Verantwortlich für ein Scheitern ist die Literatur letztlich immer selbst.

Das Feuilleton ist ein sehr junges Medium, die Spanne seines Daseins beträgt nur einen Bruchteil der Zeit, in der wir von der Existenz der Literatur wissen. Ich habe keine Ahnung, wann das Feuilleton damit begonnen hat, vom Ende der

Literatur zu reden . . . das Feuilleton hat offenbar ein Generationsproblem mit der Literatur: in immer kürzer werdenden Abständen tauchen in seinen Spalten Hiobsbotschaften auf, es geht darin um Möglichkeit oder Unmöglichkeit der Literatur an sich, und dabei geht es dem Feuilleton immer weniger um die der Literatur innewohnenden Möglichkeiten. Wenn der Tod der Literatur auch oft genug verkündet worden ist: es wäre verfehlt anzunehmen, man warte beim Feuilleton auf diesen Exitus. Das wäre unvernünftig, denn die Kulturredaktionen müßten sich nach dem Ende der Literatur, bzw. nach dem der Kunst, ganz auf Kochrezepte und den Inhalt von Modeboutiquen beschränken, man müßte sich dort selbst bei der Zusammenstellung von Kreuzworträtseln etwas Neues einfallen lassen. Und wir hätten damit ganz nebenbei auch die immer wiederkehrende Frage nach dem Wozu der Literatur beantwortet: ihre Fortexistenz trägt zum Weiterverkauf des Feuilletons bei.

Vor dem nächsten Satz zögere ich: mir war der Gedanke gekommen, daß wir mit dem Wort »feuilletonistisch« selbst schon eine Standardformel der Kritik vor uns haben, einer ganz speziellen Kritik, und ich frage mich, ob der Begriff nicht zum Vokabular jener Kampagnen gegen den sogenannten bürgerlichen Intellektualismus gehörte, wie sie in den Diktaturen, an die wir uns erinnern, jeweils der Abschaffung der Pressefreiheit vorausgegangen sind. Auf alle Fälle ist der Umgang mit dem Begriff »feuilletonistisch« nicht ganz ungefährlich.

Ist er als Ausdruck der Kritik überhaupt noch zu gebrauchen, und mit welcher Einschränkung? Ausgerechnet zu einer Zeit, in der es in Deutschland mit der Meinungs- und Pressefreiheit für zwölf Jahre zu Ende gehen sollte, und in einem Teil Deutschlands, freilich unter anderen Vorzeichen, noch für länger, ein Jahr vor der Machtübernahme Hitlers also, 1932, schrieb Hermann Hesse die Einleitung zu seinem Roman *Das Glasperlenspiel*, in der er sich mit einer Epoche auseinandersetzt, die »Das feuilletonistische Zeitalter« genannt wird. Es ist, so lesen wir, und so klingt das heute außerordentlich postmodern, die Darstellung einer vergangenen Geschichtsperiode, in welcher »der Geist eine unerhörte und ihm selbst nicht mehr erträgliche Freiheit genoß«. – *Ihm selbst nicht mehr erträglich,* darauf liegt meiner Ansicht nach der Akzent ... auch als naive Leser bemerken wir sehr schnell, daß hier unsere eigene Zeit gemeint ist, nämlich das 19. und 20. Jahrhundert ... oder müssen wir dies schon eine Zeit nennen, der wir nur noch lose anhängen?

Es sei ein Zeitalter gewesen, das »dem Geist innerhalb der Ökonomie des Lebens und Staates nicht die ihm gemäße Stellung und Funktion anzuweisen gewußt« habe. Hermann Hesse schreibt warnend: »Offen gestanden kennen wir jene Epoche nur sehr schlecht, obwohl sie der Boden ist, aus dem fast alles gewachsen ist, was heute die Merkmale unseres geistigen Lebens ausmacht.«

Ich glaube, daß wir bis heute nicht wissen, was die dem »Geist gemäße Stellung und Funktion innerhalb der Ökonomie des Lebens« ist, ich glaube sogar, wir wissen es weniger als je zuvor. Die Moderne hat diese Frage nicht beantwortet, sie hat sie eher verdrängt und, mehr noch, vor sich hergeschoben. Hermann Hesses Entwurf eines elitären Kastalien, sein Roman *Das Glasperlenspiel*, ist ein utopistisches Denkmodell, das, wir ahnen es, keine Antwort auf die Frage nach der Stellung des Künstlers in unserer Zeit sein kann. Und noch weniger auf die Frage nach seiner Funktion: in Kastalien verzichtet man weitgehend auf einen Einfluß in Richtung der Gesellschaft. Hesses Buch wurde allerdings in einer Zeit geschrieben, die denkbar ungeeignet war zur Beantwortung solcher Fragen; es erschien 1943 in Zürich, also erneut – schon die »Einleitung« war an einer solchen Marke konzipiert worden – kurz vor einem geschichtlichen Wendepunkt: eigentlich war es kein Wendepunkt, es war eher ein Höhepunkt der europäischen Weltgeschichte, im Jahr 1945 schien sich die Frage nach dem Geist erledigt zu haben. Für lange Zeit wurde es still um das *Glasperlenspiel*, es gab kein freiwilliges Exil für eine geistige Elite.

In einem Teil Europas wurde das Jahr 1945 tatsächlich als ein Höhepunkt empfunden, es war das Jahr der »Zerschlagung des Hitler-Faschismus«: die Funktionalisierungsversuche, die der Kunst in den aus der kommunistischen Utopie gespeisten Staatssystemen zugedacht wurden, stellten natürlich ebensowenig eine Antwort auf die Frage nach ihrem Sinn in der Gesellschaft dar. Die Folge davon war eher noch, daß man in Ideologieverdacht geriet, wenn man die Frage nach dem Sinn der Kunst überhaupt anzuschneiden wagte. Inzwischen sind wir, so scheint es, bei einer Situation, in der man sie gar nicht mehr zu stellen braucht: Kunst und Literatur haben sich die Frage nach ihrem Sinn lange genug verbeten, darunter ist ihr Einfluß zu einer Randerscheinung verfallen.

Wenn man die neueste Literaturkritik liest, könnte man allerdings zu ganz anderen Schlüssen gelangen. Der Wortschwall, mit dem sie uns in den Ohren liegt, kann nicht anders genannt werden als das Ergebnis einer totalen Verdrängung. Es ist logisch: würde die Kritik den Verdacht zulassen, die Literatur sei ein marginales Vorkommnis, ein Sozialfall abseits aller wirklichen Interessen, müßte sie zugeben, daß sie selbst noch weniger ist, nämlich das sekundäre Anhängsel dieser Randerscheinung. Dies würde wahrscheinlich ihr Einkommensverhältnis in Frage stellen. So sieht sie sich gezwungen, einen Popanz zu feiern, in fliegender Hast reißt sie einen Star nach dem anderen an ihre Brust, um ihn in kürzester Zeit wieder auseinanderzunehmen und den Reißwölfen zum Fraß vorzuwerfen. Das meiste ihres vollkommen belanglosen und realitätsfremden Gequassels kann man nur noch gespenstisch nennen. Ihr sogenannter Diskurs ist die Simulation par excellence: es ist längst klar, daß es nur noch darum geht, abweichende Varianten einer komplexen Profilneurose gegeneinander auszuspielen, wobei alle so tun, als merkten sie nichts. Hans Magnus Enzensberger hat in einem Aufsatz mit dem freilich viel zu behutsamen Titel *Rezensenten-Dämmerung* den Sachverhalt kurz und bündig ausgedrückt: »Wer fortwährend zwischen *in* und *out* in der Drehtür zappelt, von dem wird man kaum erwarten dürfen, daß er die nötige Geduld aufbringt, einen normalen deutschen Satz zu bilden.« Das wurde 1986 geschrieben, seitdem sind wir auf diesem Gebiet wieder ein gutes Stück vorangekommen.

In ihren Anfängen hatte die Literaturkritik ihren Gegenstand zu zentraler Größe aufgebaut ... oder muß man schon sagen, sie hatte ihn aufgebläht ... im Schatten dieser Größe war sie selbst groß, sie war ein wesentlicher Bestandteil der Aufklärung geworden. Die Aufklärung ist seit einigen Jahren unter schweren Beschuß geraten, es scheint so, als wollten wir nichts mehr davon wissen, daß wir ihr die bedeutendsten Leistungen für die geistige Entwicklung Europas zu verdanken haben, unter anderem den demokratischen Gesellschaftsvertrag, der uns die Kritik an dieser kulturellen Epoche überhaupt erst ermöglicht. In dieser Epoche wurde die Literatur förmlich ausgestopft mit allem, was man der Erziehung ihrer Leser zudachte: mit Ansichten und Analysen von Religion, Politik, Moral und Fortschritt, mit Nationalismen und Ideologien; und die Literatur nahm sich dieser Aufgaben dankbar an, sie übernahm die führende Rolle, und wenn sich die Philosophie der Aufklärung auf die Wirklichkeit berief, dann berief sie sich auf die Literatur. Es schmeichelte der Literatur, sich mit den fortschrittlichen Kräften der Zeit auf gemeinsamen Höhenflügen zu wissen, aber dies konnte nicht auf Dauer gutgehen. Als der Fortschritt begann, seine schnelleren Medien in Gang zu setzen, fiel der aufgeblasene Ballon der Literatur in sich zusammen. – »Ich will meine Feder ins Waffenverzeichnis«, schrieb Majakowski, als in Rußland die letzte große Phase der Aufklärung beginnen sollte. Als er 1930 sein Leben durch Kopfschuß beendete, hatten sich die Wege zwischen Literatur und Aufklärung schon getrennt. Seitdem hat sich die Literatur zunehmend zum Bremsklotz entwickelt... und sie hat sich mit dieser Wende schwer genug getan: sie hätte sie scheinbar bis heute nicht geschafft, wenn sie, seit den Tagen Majakowskis, von den Machthabern aller Schattierungen nicht ein solches Maß an »aufklärerischer« Beihilfe erfahren hätte. Die Literatur wurde als Bremsklotz behandelt, noch ehe sie sich selbst als solchen begriff, und ihre Repräsentanten wurden reihenweise weggeräumt.

Inzwischen sind Aufklärung und Literatur ein geschiedenes Paar, man könnte den Schluß zuspitzen und sagen: Fortschritt und Literatur sind Gegensätze. Wahrscheinlich ist die Literatur inzwischen schon die falsche Adresse, wenn man auf der Suche nach irgendwelchen Unterhaltungswerten ist. – Und eine nebenherlaufende Folge dieser Geschichte ist, daß die Literaturkritik die Literatur kaum noch als solche erkennen kann: unterhaltsam ist allein der Fortschritt und sein Produkt: der Profit; die Geschichte der Literatur aber ist eine Geschichte der Verweigerung.

Enzensberger – um noch einmal auf seinen Aufsatz *Rezensen-*

ten-Dämmerung zurückzukommen – erklärt erwartungsgemäß, daß die Form der Rezension als solche nicht mehr zu retten sei. Und es sei schwer, sich über einen dahinsiechenden Gegenstand zu erregen. Was allerdings die Literatur betrifft, so meint er: »Sie ist nicht darauf angewiesen, daß man sie ›bespricht‹.« – Das wirkte überzeugend auf mich, als ich es las, es klang sogar erleichternd. Es lag daran, daß Enzensberger, dieser zutiefst der Aufklärung verpflichtete Schriftsteller, schon immer eine Art rettender Engel für mich gewesen ist; beispielsweise habe ich mich schon oft gefragt, wie es möglich war, daß seine *Einzelheiten* so spurlos am westdeutschen Literaturbetrieb vorbeigegangen sind. Nach der Lektüre der oben zitierten Sätze blieben mir allerdings Zweifel: sie schienen mir allzusehr aus der Position des etablierten Autors geschrieben, dessen Platz in der Literatur durch nichts mehr angefochten werden kann.

Im Sommer 1994 veranstaltete die *Neue Zürcher Zeitung* eine Umfrage unter deutschsprachigen Autoren über deren Verhältnis zur Literaturkritik, und dort las man bei weitem nicht solche abgeklärten Sätze. Ein Schriftsteller, von dem mich nur wenige Jahre Altersunterschied trennen, Hanns-Josef Ortheil, beschrieb eindringlich die Spannung, mit der er im Herbst oder Frühjahr, also in der Zeit, in der die Verlage ihre Neuerscheinungen ausliefern und die Buchkritik Hochkonjunktur hat, die Literaturbeilagen der Zeitungen durchblättert: Ist mein Buch besprochen oder nicht . . . hat man es wahrgenommen? An zweiter Stelle erst steht die Frage, ob es positiv oder negativ besprochen sei. Stimmt es also, daß Schriftsteller tatsächlich ohne Rezensionen leben können?

»Das wahre, das eigentliche Publikum, eine Minderheit von zehn- bis zwanzigtausend Leuten, die sich nichts vormachen lassen«, so schließt Enzensberger seinen Aufsatz, »bildet sich sein Urteil unabhängig vom Blabla der Rezensionen und Talkshows, die einzige Form der Reklame, an die es glaubt, ist die Mundpropaganda.« – Das ist richtig, doch wiederum nur im Fall der Autoren, die sich schon durchgesetzt haben. Und es beschreibt ziemlich genau die Situation, die wir in der DDR hatten, aber diese Gesellschaftssituation war natürlich weder offen noch öffentlich. Diese Sätze an die Literatur einer so komplexen Mediengesellschaft wie die der Bundesrepublik zu richten, kommt der Empfehlung gleich, eine Schriftstellerexistenz ohne Öffentlichkeit zu führen. Was, zum Beispiel, wäre aus einem Buch wie *Der Wettermacher*, dem ersten Roman des Schweizer Autors Peter Weber, geworden, hätte es nicht diese Flut positiver Besprechungen gehabt? Die Werbeleisten, mit denen die Verlage in der Presse ihre neuen Bücher annoncieren, sind in der Regel so idiotisch, daß sie das »wahre Publikum« von den angepriesenen Produkten eher abschrecken, wenn die Verfassernamen nicht bekannt sind. Nach dem zweiten Buch von Peter Weber wird man, diesen Werbeleisten zum Trotz, auch greifen, wenn der Titel nicht das Gewimmel einer literarischen Saison anführt.

Es scheint also wenig Sinn zu haben, Schriftstellern ein Leben ohne Literaturkritik nahezulegen. Wir Autoren aus der ehemaligen DDR haben eine solche Existenz mehr oder weniger lange Zeit ausprobiert, notgedrungen, und es ist uns nicht gut bekommen. Freilich haben wir auch dort – irgendwie, muß ich sagen – nicht ganz ohne Kritik gelebt: einige der Namen, die Enzensberger anführt, kamen auch für uns in Frage, sie waren uns teilweise und unter Mühen zugänglich, unter anderen Sartre, Benjamin, Schklowski – man müßte der Reihe noch den Namen Karl Kraus anfügen, auf den ich später noch zu sprechen komme. »Wenn irgendwo im Winkel eines Funkhauses oder in einem konservativen Verlag noch ein solcher Ausbund an Begabung überwintert hat«, so Enzensberger, und er nennt einen solchen Kritiker ein lebendes Fossil, »eines hätte er bereits eingebüßt, bevor er den Mund aufmacht: die zentrale Position, die Autorität...« – Nun ist aber zu fragen, was für eine »zentrale Position« zum Beispiel Walter Benjamin zu seinen Lebzeiten hatte, keine natürlich, und auch mit der »Autorität« Schklowskis war es in Rußland spätestens seit seiner Emigration 1922 vorbei. Etwas anderes ist das im Fall von Karl Kraus, er nahm in Wien sehr wohl eine zentrale Position ein, und er genoß fast ein Übermaß an Autorität, doch wir werden uns fragen müssen, ob gerade dies der *Kritik* gedient hat.

Bei alledem, Enzensbergers Diagnose des »Rezensenten« bleibt ungemein zutreffend... und ich werde gleich aus einem Text zitieren, der noch fünfzehn Jahre älter ist, aus dem Innern der Kritik selber stammt, und zu Übereinstimmungen mit Enzensberger kommt, die bis in den Wortlaut gehen. Ob Literaten aber auf Dauer so ungerührt weiterschreiben können, wie sie es nach Enzensbergers Ansicht tun, wage ich zu bezweifeln. Literatur war auch immer eine Form der Existenz, die sich selbst auf die Probe gestellt hat... weiter vorn habe ich von Zerreißproben gesprochen, denen sie sich unterzogen hat... im Moment sieht es so aus, als ob sie nur eines ihrer künstlerischen Elemente abstößt, das kritische Element, das ein ihr durchaus wesentlicher Bestandteil war.

Der führende deutsche Literaturkritiker Marcel Reich-Ranicki stellte seiner Rezensionssammlung *Lauter Verrisse* einen schon 1970 geschriebenen Essay über die Verfassung der deutschen Literaturkritik voran, der ihr einen beschämenden Tiefstand bescheinigt. »Sie liegt darnieder und siecht dahin«, schreibt er; also auch bei ihm, und schon vor Enzensberger, dieses Vokabular wie aus dem Protokoll eines Pestarztes. Reich-Ranicki sucht und findet geschichtliche Gründe für seine Diagnose: schon Madame de Staël habe in ihrem Deutschlandbuch aus dem Jahre 1810 festgestellt, daß die Liebe zur Freiheit bei den Deutschen nicht entwickelt sei. Sie, die Deutschen, möchten, daß ihnen in bezug auf ihr Verhalten jeder einzelne Punkt vorgeschrieben werde. »Es liegt auf der Hand«, schreibt Reich-Ranicki, »daß der Untertanenstaat die Kritik, in welcher Form auch immer, als etwas Überflüssiges und Lästiges empfand, daß er sie bekämpfte und womöglich ganz zu verhindern suchte, und daher die Kritisierenden zu verketzern bemüht war.«

Daß dies nur zu wahr ist, zeigt die Tatsache, daß in den totalitären Phasen der deutschen Geschichte die Literaturkritik nahezu verschwunden war oder nur in einem fast ausnahmslos kriminalisierten Untergrund vegetierte. Das aber, was in den Zeitungen als Literaturkritik erschien, war weitgehend die parteipolitisch sanktionierte Schlangenlinie, die sich an der Generalrichtung entlangwand und die über Gedeih und Verderb der Literaten entschied.

Es fallen dann in Reich-Ranickis Ausführungen Sätze, die noch lange nicht so selbstverständlich sind, daß man sie nicht mehr wiederholen dürfte: »Freiheit und Kritik bedingen sich gegenseitig. Wie es also keine Freiheit ohne Kritik geben kann, so kann auch die Kritik nicht ohne Freiheit existieren.« Und ein Stück weiter unten heißt es noch einmal: »Demokratie wird durch Kritik geradezu definiert.« – Es geht bei Marcel Reich-Ranicki natürlich in erster Linie um Literaturkritik, aber der Zustand der Literaturkritik ist signifikant für den gesamten Zustand der Kritik. Gehen wir an dieser Stelle zu einem allgemeineren Verständnis dieses Begriffs über.

Kritik ist wirksam in allen Bereichen unserer Kultur ... oder auch unwirksam, muß man hinzusetzen. Und Kritik ist nicht nur eine Metasprache über die Kunst, sie ist gleichzeitig auch ein Bestandteil der Kunst. Sie ist ein Element der künstlerischen Tätigkeit, und dies scheint in besonderem Maß für die Literatur zutreffend zu sein. Das Material der Literatur ist die Sprache, und ohne Kritik, ohne Spruch und Widerspruch wäre eine funktionierende Sprache nicht möglich. Vielleicht ist Kritik sogar der hauptsächliche Antrieb des künstlerischen Schreibens, jedenfalls ist sie eine ihm wesenseigene Komponente: ihr Ziel ist die Negation. Der mexikanische Lyriker und Essayist Octavio Paz erkennt, insbesondere in bezug auf die Moderne, in diesem kritischen Element sogar eine Leidenschaft: »Kritische Leidenschaft: maßlose leidenschaftliche Liebe zur Kritik und ihren präzisen Zerstörungsmechanismen.« Octavio Paz hält das Element der Kritik in der Moderne für so bestimmend, daß es den Fortbestand der Moderne selber, und damit zwangsläufig auch ihr kritisches Potential, gefährdet. Es leuchtet augenblicklich ein, im Zeitalter der Moderne – im Zeitalter des Futurismus – ist Kritik tatsächlich der erstrangige Antrieb, der alle Veränderungen bewirkt. »All das, was das Zeitalter der Moderne ausmacht, war das Werk der Kritik«, schreibt Octavio Paz an anderer Stelle. Aber Kritik, wenn sie zur Leidenschaft wird, duldet selbst die Veränderungen nicht, die sie intendiert. Die kritische Leidenschaft macht vor ihren eigenen Träumen nicht halt: die großen Utopien der Neuzeit waren das Ergebnis von Kritik, und noch bevor diese Utopien einen Schimmer von Verwirklichung erfuhren, setzte schon die Kritik an ihnen ein, höhlte sie aus und unterwanderte sie. Die Zukunft wurde, noch ehe sie auf dem Reißbrett erschien, von den Einwänden der Kritik ruiniert, dies ist mit Fug und Recht kritische Leidenschaft zu nennen. Die Moderne, in sich selber eine utopische Ruine, entstand aus der Kritik, und sie endet – ihr zersetzendes Element war die stärkste ihrer Eigenschaften – mit der Kritik an der Kritik. Das Zeitalter der Kritik endet mit einer antifuturistischen Parole, die man kurz vor dem Kollaps des kalten Krieges der Ideologien auf den Brandmauern der Slums findet: *No future*! – Es ist ein Wort, das von Beckett stammen könnte.

Man kann das Wort *Kritik* aus demselben Wortstamm herleiten wie das Wort *Krise*. Wenn man diesem etymologischen Zusammenhang nachgeht, kann man erkennen, daß Kritik so lange stattfindet, bis der Zustand, den sie im Auge hat, in eine Krise gerät. Allgemeiner ausgedrückt: das Ziel von Kritik ist in jedem Fall die Krise. Die Kritik muß, wenn sie ihren eigenen Mechanismen folgen soll, um ihrer eigenen Verwirklichung willen also, notgedrungen auf einen Wendepunkt in der Situation ihres Gegenstandes hinarbeiten.

Die literarischen Protagonisten am Ende des Zeitalters der Kritik sind die sedierten Invaliden von Samuel Beckett. Seine Figuren sind die Opfer der Kritik, und über diesen Status hinaus ist Beckett an Kritik nicht mehr interessiert. Seine Figuren sind synthetisch, und sie sind die Ergebnisse einer Kritik, der es am Ende nur noch um ihren Machterhalt zu tun gewesen ist. Daraus hervorgegangen sind menschliche Rudimente in einem reduzierten Raum, über dem die permanente Krise einer verselbständigten und sinnlos gewordenen Kritik herrscht. Allzu oft wurde die berühmte Stelle aus *Warten auf Godot*, in welcher Estragon und Wladimir sich aus Langeweile mit Schimpfworten bombardieren, bis als letzte und schärfste Injurie das Wort »Crritic« fällt, als ein Racheakt Becketts an der Literaturkritik interpretiert, die seine frühen Bücher durch die Bank verrissen hatte. Man könnte diese

Passage aber auch weniger egozentrisch verstehen. Es ist immerhin erstaunlich, daß diese Stelle von den Literaturinterpreten kaum je eine andere Deutung erfahren hat, als eine solch flache; dabei ist überhaupt nicht sicher, daß Becketts Leiden – vorausgesetzt, es gibt solche Leiden – allein von der Literaturkritik in Szene gesetzt worden sind.

Becketts Figuren sind die Ausgestoßenen der Moderne, und dies mag, zumindest in den fünfziger und sechziger Jahren noch, mit viel mehr Leid verbunden gewesen sein. Es sind Überbleibsel, die in einer reinen Jetztzeit verharren, in einem Jetzt ohne Zukunft, und beinahe auch ohne Vergangenheit, die nur noch mit ein paar dürftigen modernistischen Versatzstücken in der Erinnerung zurückgeblieben ist. Am deutlichsten zeigt dies der letzte von Beckett veröffentlichte Roman *Wie es ist*. Schon vom Titel her ein reines Werk des *Jetzt*, kann man das Buch, wenn man will, als den letzten Roman der Moderne bezeichnen; es ist ein Buch, das man nicht mehr zu lesen braucht und auch kaum noch lesen kann. Es ist ein Text ohne Wandel, in einem erstarrten und grell ausgeleuchteten Jetzt angesiedelt, ein Buch ohne Fabel, ohne Erzählzeit, ohne periodischen Fortgang, das in einer mühsam auszumachenden Kreisbahn wieder zum Anfang zurückkehrt. Und es ist ein Buch ohne Konflikt, jeder Konflikt liegt in der Vergangenheit vor diesem Buch. Die Nicht-Handlung des Textes kriecht über einen Boden, der aufgeweicht und zersetzt ist, von kritischen Einwänden aller Art, so könnte man sagen ... und man hat den Eindruck, dieser Boden gleicht einem Urchaos. Der Text besteht aus »kurzen Bewegungen der unteren Gesichtshälfte«, wie schon auf der ersten Seite gesagt wird, weniger Sinn ist der menschlichen Sprache wohl kaum sonst bescheinigt worden: »Ich zitiere vor Pim mit Pim nach Pim wie es ist ...«, wie dieser quakende Unterkiefer immer wieder betont; es klingt nach den Querverweisen einer unsinnig gewordenen Kritik, die sich selbst gegenseitig aufheben. Nachdem wir schon bei Beckett gewesen sind, wird es schwierig, zu Octavio Paz zurückzukehren: Becketts Werk ist eine der Hauptsachen der modernen Literatur; soviel ich weiß, hat er sich kaum über seine Bücher geäußert, so bleiben uns in seinem Fall nur wenig Möglichkeiten zur Diskussion. – Der Diskurs – »Diskurs« ist ein Wort, das mir auf die Nerven geht, oder vielmehr gehen mir die auf die Nerven, die es andauernd im Munde führen: das Fremdwörterbuch bietet dafür drei verschiedene Erklärungen an, die ungefähr das gleiche bedeuten; die dritte davon lautet: »Die von einem Sprachteilhaber auf der Basis seiner sprachlichen Kompetenz tatsächlich realisierten sprachlichen Äußerungen«; das trifft auf mich wahrscheinlich nicht zu ... aber vielleicht ist daran zu ahnen, warum mir bei dem Wort »Diskurs« immer Wendungen einfallen wie »real existierend« – der Diskurs also hat, wie ihm das öfter unterläuft, die Hauptsache auch diesmal in den Exkurs verbannt. Es liegt freilich auch daran, daß Becketts Visionen zu den Dingen gehören, mit denen man leben muß, ohne sie sich – wie ich es hier scheinbar versucht habe – durch Interpretation gefügig machen zu können. Sie gehören wahrscheinlich mehr dem Unterbewußten an, und sie sind deshalb ihren Erklärungen meist ein Stück voraus; und zwar so, daß man das unangenehme Gefühl hat, sie halten diesen Vorsprung. – Wir waren durch Octavio Paz zu der Ansicht gelangt, daß die Kritik ein notwendiges Element der Literaturproduktion ist: ohne die Negation des Vorgefundenen entsteht kein Text, der neuartig ist und eine Fortsetzung von Literatur wäre. Wir können aber gleich hinzufügen, ohne die Negation des Vorgefundenen entsteht keine Wiederholung ... und dies ist ein Wort, über welches man mit der Literaturkritik sofort in Streit geraten kann, jedenfalls mit der, die darunter nur ein bloßes Nachplappern versteht, was wiederum etwas mit bestimmten Auffassungen von der Profession des Kritikers zu tun hat ... wir meinen damit den begründeten Verdacht, daß nicht alles auf der Welt veraltet sein kann, nur weil es gerade nicht in Mode ist. – Octavio Paz also schreibt: »In sich selbst verliebt und immer im Kampf mit sich selbst bejaht sie (die Kritik) nichts Bleibendes und gründet sich auf kein Prinzip: die Negation aller Prinzipien, der ständige Wandel, ist ihr Prinzip. Eine solche Kritik kann nur in einer leidenschaftlichen Liebe zur reinsten und unmittelbarsten Manifestation des Wandels gipfeln: im Jetzt.«

Setzen wir voraus, daß dieses Stück auf die bestmögliche Weise übersetzt ist. Was sollen wir dann unter dem Begriff des *Jetzt* verstehen? Es fällt auf, daß wir es lediglich mit einem Hilfsbegriff zu tun haben, der in seinem eigentlichen Verständnis dazu dient, uns verschiedene Denkbewegungen zu ermöglichen. In seiner substantivierten Form wird das Wort unangenehm phrasenhaft; wir wissen nicht, wann in der Vergangenheit dieses »Jetzt« begonnen hat, und nicht, wie lange es in die Zukunft weiter zu denken wäre, der Umgang damit kann scheinbar nur gelingen, wenn wir den Begriff in den Bereich der Abstraktion rücken. Dieses »Jetzt«, so können wir feststellen, bleibt ähnlich diffus wie die Begriffe »modern« oder »Moderne«. Es sind oszillierende, kaum faßliche Begriffe, die, wenn man genauer darüber nachdenkt, zur Bezeichnung einer gebrauchstüchtigen Kategorie schier untauglich sind. Und vielleicht ist diese Bezeichnung gerade aus diesem Grund so beliebt bei der Kritik ... oder muß man jetzt schon sagen: beliebt gewesen ... als Möglichkeit, Störfaktoren auszusortieren, die sich bei der Einordnung in die

Register querstellen. Wo es nur noch darum geht, möglichst virtuos die scheinbar richtige Meinung zu plazieren, kommt ein gegenstandsloser Vorwurf wie »nicht modern«, im Verein mit ähnlich gelagerten Umschreibungen, der Kritik gerade recht. Einem literarischen Werk die Zugehörigkeit zur Moderne abzusprechen, kommt einem Urteil gleich, das auf jede Beweisführung verzichtet und ein bloßes vages Gefühl zum Maßstab nimmt. Bei fast aller Kritik dieser Art trifft zu, daß mit gutem Recht auch das genaue Gegenteil behauptet werden könnte ... und bei ähnlichen Ping-Pong-Spielen hält sich momentan ein überwiegender Teil der Literaturkritik auf. T. S. Eliot schrieb schon 1920: »Die Frage, ob (...) Eindrücke ›richtig‹ oder ›falsch‹ sind, steht nicht zur Debatte. Insofern man den ›Eindruck‹, die reine Empfindung für sich fassen kann, ist Richtigkeit oder Falschheit natürlich kein Kriterium.« Und das Ganze trifft wahrscheinlich in noch größerem Umfang auf die sogenannte Postmoderne zu, deren Verfechter mit den gleichen gefühlsmäßigen Mitteln umgehen, und dies, obwohl die meisten postmodernen Theoretiker nach Gründen suchen, sich konträr zur Moderne definieren zu können.

Nach Octavio Paz ist die »Tradition des Bruchs« ein wesentliches Kennzeichen der Moderne, und wahrscheinlich sogar ihr hauptsächliches. Durchdenkt man diesen Umstand konsequent, so dürfte es in der Moderne überhaupt kein Dogma gegeben haben, das nicht irgendwann durchbrochen worden wäre, und es bestünde demnach auch keine Verpflichtung, an einer »Tradition des Bruchs« teilzunehmen. Und tatsächlich gibt oder gab es Autoren, die sich selber aus dieser, mit Vorbehalt »avantgardistisch« zu nennenden Tradition der Moderne ausschließen würden – ich erwähne hier nur den Namen Jorge Luis Borges: sie gehören damit um so sicherer der Moderne an. Wir sehen also, daß es uns an den Rand des Absurden führt, wenn wir versuchen, kritische Anhaltspunkte für eine so inkongruente Materie wie die Moderne zu finden.

Es gibt einen weiteren interessanten Gedanken, den ich bei Octavio Paz gefunden habe. »Das Moderne ist seinem Wesen nach transitorisch«, sagt er in einem Vortrag aus dem Jahre 1986. Er bringt den Begriff des Modernen danach mit dem »Zeitgenössischen« in Verbindung, was mir nicht stimmig erscheint; jedenfalls verwickelt er damit das ohnehin schwer faßliche »Moderne« mit einer weiteren Unklarheit. Das Zeitgenössische sei eine Eigenschaft, die, kaum genannt, schon wieder im Verschwinden begriffen sei... ich denke, daß damit nicht das Zeitgenössische, dafür aber die Eigenschaften des »Jetzt« oder des »Modernen« sehr treffend beschrieben sind. Im Duden wird »transitorisch« erklärt als »vorübergehend, später wegfallend«, ein »Transitorium« kann man sich als eine Art Ausnahmezustand vorstellen, als nur kommissarisch festgelegte Vereinbarung, als Phase des Übergangs von einem Zustand in einen anderen. Haben wir uns einmal auf diese Begriffsebene eingelassen, können wir es nicht mehr als falsch empfinden, wenn wir die Moderne als eine Übergangszeit ansehen. Das klingt gewagt, stimmen wir den Wissenschaftlern zu, die den Beginn der Moderne etwa mit dem Ende der Renaissance gleichsetzen. Aber für diesen Gedanken spricht durchaus, daß es seither, seit der Manierismus sich durchzusetzen begann, kaum noch große und übergreifende kulturelle Strömungen gegeben hat, die der Renaissance zu vergleichen wären. Von dieser Zeit an überschlugen sich die formalen Richtungen und Schulen, blähten sich auf und fielen wieder auseinander, bis das Ganze in die Aufklärung mündete: und dies war die Stunde der

Kritik. Als die Zeit der Aufklärung anbrach, hatte sich das konstituierende Element der modernen Kultur, das am Ausgang der Renaissance geboren wurde – das also in dieser gleichsam gezeugt wurde –, endlich durchgesetzt. Es war die Kritik, von der Lessing auf dem Höhepunkt der Aufklärung in Deutschland sagen konnte, ihr einzig und allein habe er alles zu verdanken.

Man kann weitere Argumente dafür ins Feld führen, daß die Moderne eine kulturelle Übergangsform war oder noch ist: von vielen Theoretikern wird sie als unvollendet oder gar als ein gescheitertes Projekt angesehen. Dies wäre realistisch, wenn es jemals ein ernstliches, eindeutiges Ziel für die künstlerischen Bewegungen der Moderne gegeben hätte. Man muß aber Octavio Paz zustimmen und sagen, daß das eigentliche Ziel der Moderne der fortwährende Wandel war, die andauernde Kritik, die unaufhörliche Erneuerung . . . in einer solchen Situation sind Kategorien wie »vollendet« oder »unvollendet« ohne Gegenstand. Es ist logisch, daß die Verabsolutierung der Kritik ein allgemeines Scheitern schon in sich trägt. Es liegt auf der Hand, daß eine solche Epoche weder zu Ende gebracht noch abgebrochen werden konnte, ihre Antriebskräfte konnten nur erlahmen und verrotten. Die Aufklärung begann mit der Kritik an der Religion, und das Bewegungselement dieses Zeitabschnitts griff nach und nach auf alle anderen Bereiche über und unterwanderte sie; dies dauerte so lange, bis die Kritik schließlich selbst zu einer Art Religion wurde. Um das Ganze metaphorisch zu fassen: dem positiven weißen Gott der Religion wurde die schwarze Gottheit der Negation entgegengesetzt.

Es gibt in diesem Zusammenhang eine Ausnahme: die einzige Bewegung, die in ihrer Konzeption auf eine Vollendung der Moderne hinzielte, war die des sozialistischen Realismus ... und fast alle der unzähligen Vorwürfe gegen diese Theorie sprechen ihr implizit oder auch deutlich die Zugehörigkeit zur Moderne ab. Es war die utopische Kunsttheorie einer utopischen Bewegung. Der sozialistische Realismus existierte freilich nur theoretisch, er verfügte kaum über ein beispielhaftes Einzelwerk, jedenfalls nicht in der Literatur ... das Absurde an dieser Bewegung ist, daß ihre Realisierung von ihren Theoretikern verhindert wurde.

Das vielleicht stärkste Argument dafür, daß sich die Moderne transitorisch verstanden hat, ist die Tatsache, daß sie auch das Zeitalter der Utopien war. Es ist längst ein Gemeinplatz, daß der Begriff »Utopie« die Bezeichnung für ein »Nirgendwo« ist; wenn wir uns dies begreiflich machen, dann widerspricht das Entstehen von Utopien nicht eigentlich dem Gedanken, daß die Moderne niemals ein realistisches Ziel gekannt hat. Der alleinige Sinn der Moderne schien in der Sisyphusarbeit der Kritik zu liegen, und es ist durchaus verständlich, daß in einer solchen Situation Träume von einem Ausweg geboren werden mußten. Die Utopien waren die Kehrseite der Kritik, sie sind sozusagen Ausdruck des Masochismus der Kritik, ihren Modellen ist die Idee von einem Zustand gemeinsam, in dem Kritik unnötig oder abgeschafft ist. Und so setzen alle utopischen Gesellschafts- oder Herrschaftsmodelle mit massiven Angriffen auf die Moderne ein, die als zersetzend empfunden wird. Immer dann, wenn utopische Entwürfe ihren Weg in die Hirne von Machtpolitikern fanden, schlugen sie gegen ihre Urheber zurück: der Geist der Moderne wurde als dekadent, krankhaft, entartet beschimpft.

Und es ist deutlich, daß die Moderne auch selbst von einigen ihrer bedeutendsten Vertreter als zersetzend empfunden wurde, besonders von solchen, denen utopische Gedanken nicht fremd waren. – »Nihilismus und Verantwortungslosigkeit«, solche Vorwürfe kommen auch aus der Moderne direkt, nicht nur von denjenigen ihrer Gegner, die mit den Feinden der Demokratie gleichzusetzen sind. Wir können bei Walter Benjamin Beispiele einer Polemik gegen den »linken Radikalismus« finden, die sich bis in den Wortgebrauch decken mit den Anwürfen konservativer oder sogar präfaschistischer Schreiber. Allerdings sind die Voraussetzungen grundverschieden: es geht Benjamin natürlich nicht um die Abschaffung der Kritik, er wendet sich nur gegen eine Kritik, die zum Selbstzweck geworden ist und die gerade aus diesem Grund ihr kritisches Potential einzubüßen beginnt.

Auch das Bild einer mönchisch-zurückgezogenen Elite, wie es Hermann Hesse in seinem *Glasperlenspiel* entwirft – *Kastalien* ist einer der letzten großen Versuche, eine rein geistige Utopie zu beschreiben; alle sozialen Probleme bleiben unangetastet –, hat seine Ursachen in diesem Unbehagen an der Entwicklung der Moderne. Bekanntlich empfand auch Hesse das »feuilletonistische Zeitalter« als zersetzend. Nachdem er in seinem *Steppenwolf* die Errungenschaften der Moderne noch mit Gewehrschüssen traktiert hatte – das Auto nämlich, dieses Vehikel der Kritik an der natürlichen Geschwindigkeit des Menschen –, zog er sich wenige Jahre später in die esoterische Welt des *Glasperlenspiels* zurück. Hermann Hesses Bücher waren stets auf eine verdeckte Weise aktuell, man kann es vielleicht am besten an den Schwankungen in der Rezeption dieses Werks ablesen. Dieser Schriftsteller vollzieht in seiner Person und mit seinen »Botschaften« genau jene Bewegungen nach, denen die Moderne unterworfen ist, solange sie dauert. Es sind Wellenbewegungen und Kreisbewegungen, es ist das Pendeln zwischen Engagement

und Innerlichkeit, zwischen Aufbruch und Rückzug, zwischen Traditionsbruch und Wiederbesinnung.
Tatsächlich ist, wie Octavio Paz meint, der Bruch mit dem Tradierten längst selber zur Tradition geworden... es war nur eine Frage der Zeit, bis die revolutionäre Attitüde zum bloßen Showeffekt degenerieren mußte. Trotzdem hat es die Literatur ihrem Wesen nach schwer, ein Publikum zum Mitklatschen zu finden. Nachdem ihre Federn keinen Eingang ins Waffenverzeichnis gefunden haben, muß man auch sagen, daß sich ihre Einschaltquoten im Fernsehen in Grenzen halten. Die ungeliebte Schwester der Literatur, die Kritik, hat es da besser, ebenfalls ihrem Wesen nach, so wäre hinzuzufügen. Es ist an diesem Punkt eine Verschiebung der Konstellationen zu bemerken, die zuungunsten der Literatur geht: im Fernsehen ist die Kritik das Primäre. Dennoch sind von der grundsätzlichen Sinnkrise der Moderne beide Parteien betroffen, die Kritik ebenso wie die Literatur.
Es ist schwierig zu erklären, wie diese »Sinnkrise« – um das modische, mehr verschleiernde als enthüllende Wort noch einmal zu verwenden – konkret aussieht. Das Betriebsklima, in dem Literatur und Kritik sich aufhalten, wird immer kurzatmiger, es ist ein überhitztes Klima, dessen hektische Atmosphäre darüber hinwegtäuschen soll, daß es sich bei dem Ganzen um eine Nebensache handelt. Daß Nebensachen oft verkappte Hauptsachen sind, das ist eine bekannte rhetorische Bemerkung, die kaum bis dorthin vordringt, wo man sie begreift. Die Katze beißt sich in den Schwanz: je mehr Kritik und Kunst damit beschäftigt sind, Bedeutung in der Öffentlichkeit vorzutäuschen, desto marginaler müssen sie zwangsläufig werden: wer aber zahlt in dieser Welt einen Pfennig für etwas, das sich von vornherein als irrelevant zu erkennen gibt? – Es scheint kein wirkliches Engagement

mehr zu geben, ebensowenig, wie es noch eine ernsthafte Gegenbewegung zur engagierten Literatur gibt: das einzige Engagement des Betriebes besteht darin, sich die letzten Reste an Aufmerksamkeit zu ergattern; die Mittel zu diesem Zweck werden immer beliebiger. Und auf diesem Gebiet, daran besteht kein Zweifel, hat die Kritik freilich die Nase vorn. Die Kritik hat, dies ist vorerst der letzte Stand der Dinge, ihren Unterhaltungswert entdeckt.

Januar 1995

2. Vorlesung

Wenn Sie den ersten Teil meiner Vorlesungen gehört haben, halten Sie es vielleicht nicht für nötig, daß ich schon den zweiten mit einer Art Zwischenmeldung beginne. In meinem Kopf spuken die Stimmen der Kritik und die divergierendsten Aussagen aus dem Chaos der Theorien, die das Feld in den letzten Jahren zu beherrschen versucht haben. Wahrheiten, so muß ich sagen, finde ich in allen diesen Aussonderungen, ich finde sie mehr oder weniger schlecht geschrieben und in vielen Fällen wahrscheinlich noch schlechter übersetzt: Übersetzer sind mangelhaft bezahlte Leute, und modische Wahrheiten lassen sich nur innerhalb kürzester Zeiträume verkaufen. Und es sind jede Menge Wahrheiten darunter, die eigentlich einander ausschließen müßten, nichtsdestoweniger stellen sie in ihrem jeweiligen Theorie-Gefängnis Wahrheiten dar. Besonders aber hallen mir diejenigen Sätze nach, die uns, die Literaten oder die Kritiker, oder die Literaten und die Kritiker, als eine bemitleidenswerte Reihe von Untoten hinstellen, und das Übelste an uns sei, wir hätten noch gar nicht gemerkt, daß wir längst krepiert sind. Lassen wir das dahingestellt sein. Utopisten und Dystopisten haben die Eigenart, Realitäten zu behaupten, die noch nicht eingetreten sind, es liegt dies an ihrem Willen zur Macht. Und ich glaube etwas von dem zu wissen, was ich sage, denn ich habe fast vierzig Jahre in einem Staat übernachtet, in welchem zunehmender Realitätsverlust das Gesetz des Handelns war. Ich habe also, ich sagte es schon, die Stimmen der Kritik im Ohr und komme deshalb zu der Feststellung: die Kritik existiert noch. Ich kann sogar präzisieren und sagen, die Literaturkritik, als ein Teil der Kritik, existiert weiterhin, wie sie auch immer beschaffen sein mag. Und da die Literaturkritik, scheinbar ohne Not, noch jede Menge Stoff zum Kritisieren findet, komme ich zu der beruhigenden Feststellung: auch die Literatur erfreut sich noch ihres Daseins. Wer sich dazu berechtigt fühlt, mag die Verfassung dieser Existenz – im Fall der Kritik oder der Literatur, oder in beiden Fällen – eine verdeckte Agonie nennen. Ich fühle mich außerstande, Ihnen den definitiven Zeitpunkt ihres Ablebens zu nennen, und deshalb halte ich alle theoretischen Euthanasie-Versuche auf diesem Gebiet für unverschämt und überflüssig.

Damit habe ich mir erst einmal – reichlich spät wahrscheinlich – einen Ausgangspunkt geschaffen, von dem aus ich über das Verhältnis der beiden Partner weiterreden kann. Aber es stellt sich mir eine Frage, von der ich nicht weiß, ob ich sie im Verlauf meiner Ausführungen beantworten kann: Ist dieses Verhältnis, von dem ich hier spreche, nicht nur eine Fiktion? Das Urteil der Kritik bezieht sich, wenn wir vom allgemeinsten Verständnis der Literatur ausgehen, auf etwas Erdichtetes, auf etwas Ausgedachtes: wenn die Kritik also literarische Texte unter diesem Gesichtspunkt betrachtet und kritisiert, müßte dann ihr Bestreben nicht darin liegen, den fiktiven Charakter der Literatur zu stärken? Wenn es stimmt, daß der Charakter dessen, worüber Kritik und Literatur ihren Disput führen, fiktiv ist, warum ist dann nicht auch dieser Disput eine Fiktion? Wenn ich die Fragen so stelle, dann suche ich wahrscheinlich nach einer gemeinsamen Ebene, auf der sich die Auseinandersetzung zwischen Kritik und Literatur abspielt. Aber natürlich hält sich die Kritik nicht im mindesten für den Bestandteil einer Fiktion, die Kritik vertritt in diesem Zusammenhang die Seite der Realität. Demzufolge glaubt sie über das Wesen einer eventuellen Botschaft urteilen zu müssen, die sich aus dem Bereich der Fiktion an die Wirklichkeit richtet. Wir könnten also sagen, das Interesse der Kritik an einem literarischen Werk entsteht dadurch, daß sie in diesem Werk Vergleichbares oder zumindest Berührungspunkte entdeckt, die einer ihr bekannten Wirklichkeit mehr oder weniger entsprechen. Ihr Urteil entsteht aus der Antwort auf die Frage, ob sie die literarische Fiktion in der Wirklichkeit für möglich hält oder nicht. Ganz gleich, wie ihre Antwort ausfallen mag, man könnte sie letztlich als einen Anpassungsversuch bezeichnen, der sich gegen die Geschlossenheit der Fiktion richtet. Noch deutlicher wird dies, wenn anstelle einer bekannten Wirklichkeit eine der Kritik schon bekannte Fiktion – also ein anderes literarisches Werk – als Folie für den Vergleich dient, wie dies in den allermeisten Fällen für die Literaturkritik zutrifft. Immer wieder wird sich die Kritik am schon Bestehenden orientieren und damit notgedrungen in Widerspruch geraten zum Autor der Fiktion. Daß sich dieser Widerspruch nicht auflösen läßt, ist geradezu die Voraussetzung für ein funktionierendes Verhältnis von Kritik und Literatur. Im Moment scheint es allerdings so, als ob dieses Spannungsverhältnis zu erschlaffen beginnt, und zwar zum Schaden der Kritik wie auch der Literatur. Ich hoffe, daß ich bei Gelegenheit noch einmal auf dieses Thema zurückkommen kann.

Ich habe an dieser Stelle schon mehrfach von einer Partnerschaft gesprochen, und ich meine es mit diesem Wort tatsächlich ernst. Es ist eine Binsenweisheit, daß auch zwei geschworene Gegner zumindest in einem Punkt Partner sind: es geht ihnen darum, ihren Konflikt aufrechtzuerhalten, denn offenbar erscheint ihnen derselbe produktiv. Im ersten Teil meines Vortrags habe ich mehrfach aus einem Aufsatz zitiert, der zu dem Schluß kommt, daß diese Partnerschaft aufgekündigt ist. Warum fällt es mir so schwer, eine solche Quintessenz zu akzeptieren? Hat es nicht etwas Tröstliches, sich um Besprechungen nicht kümmern zu müssen? Dies hätte es vielleicht, wenn allein der Autor Adressat einer Kritik wäre, aber Rezensionen wenden sich natürlich in der Hauptsache an die Konsumenten der Literatur. Außerdem habe ich ganz andere Erfahrungen mit Kritik, denn ich habe in einem anderen Land begonnen zu schreiben, dort wirkte die Kritik anders: sie richtete sich letzten Endes nur an die Autoren, und ihre Praxis war untergründiger.

Dies aber hat sich verändert: seit einiger Zeit bin ich zu der altmodischen Haltung zurückgekehrt, die Literaturkritik sei eine der wenigen wahrnehmbaren Reaktionen auf das, was ich schreibe. Zudem versucht die Kritik Einfluß auf meine Leser zu nehmen, immerhin bietet sich ein solcher Gedanke an, was ein Grund mehr ist, sich mit ihr zu beschäftigen. Dabei ist es für mich eine zweit-, wenn nicht drittrangige Frage, ob der Kritiker, der meinen Lesern seine Ansichten über meine Texte mitteilt, eine unabhängige Figur ist oder von einer Institution oder der Industrie bezahlt wird. Ich kann mir in keiner Institution oder Industrie ein Interesse daran vorstellen, daß meine Bücher nicht gekauft werden, es sei denn, jene befänden sich zufällig in Konkurrenzstellung zu dem Medienkonzern, dem mein Verlag angeschlossen ist. Wären die Verkaufszahlen meiner Bücher so beschaffen, daß ihr Verlust meinen Verlag schädigen könnte, so wäre es für ein angenommenes Konkurrenzunternehmen doch effek-

tiver, wenn es versuchte, diese Bücher für sich zu gewinnen, anstatt sie kritisieren zu lassen.
Enzensbergers Aufsatz *Rezensenten-Dämmerung*, den ich hier meine, stammt aus einer Zeit, in der ich sehr wohl noch daran interessiert war zu erfahren, welcher politischen Fraktion der eine oder der andere Kritiker nahestehen mochte . . . in dem knappen Jahrzehnt, das seitdem vergangen ist, ist mein Interesse daran beinah erloschen. In den letzten Jahren war in mir die Hoffnung aufgekeimt, die Literaturkritik könne lernfähig sein und beginnen, von ihren eingefahrenen Ideologismen abzusehen. Es war deprimierend, erkennen zu müssen, wie starr sie daran festzuhalten gedachte. Im literarischen Feuilleton, von dem man es gewohnt ist, mahnend darauf hingewiesen zu werden, daß es noch immer kein größeres Werk gäbe, das ernsthaft auf die sogenannte Wende reagiert, in demselben Feuilleton herrscht unverfroren das Vokabular des kalten Krieges, ideologische Standpunkte und Standpauken werden verteilt wie eh und je, die Hauptkampfmittel des literarischen Parteienstreits, Observation und Denunziation, haben sich sogar, seitdem sie nicht mehr mit wirklichen Konsequenzen verbunden scheinen, potenziert. Und da soll die Literatur ein fröhliches Befreiungsfest feiern?
Enzensbergers Aufsatz geht von einer Situation aus, die noch gar nicht eingetreten ist und die, wer weiß, in dieser Form vielleicht auch gar nicht eintreten wird. Er ist eine Analyse, die ihren Gegenstand, so genau er auch gesehen wird, viel zu allgemein faßt: ich bin aber das Ergebnis einer viel zu reaktionären Gesellschaftsordnung, als daß ich mich damit zufriedengeben könnte, daß der Einfluß der Kritik gleich Null sein soll. Mit dieser Gesellschaftsordnung meine ich nicht nur das sogenannte sozialistische System, sondern die Ordnung, die der kalte Krieg hergestellt hatte. In dieser Konstellation war

Kritik entweder lebensgefährlich oder ihr Einfluß wurde künstlich unterbunden.
Ich will zuerst einige Augenblicke persönlich werden und von den Zuständen sprechen, in die ich durch Kritik versetzt werde: ich bin gegen Kritik keineswegs unempfindlich, das Gegenteil ist der Fall. Wenn ich mich bislang nie über Kritik geäußert habe, wenn ich ihr nie in irgendeiner Weise geantwortet habe, wie man dies aus der Literaturgeschichte kennt, so nicht, weil ich sozusagen über den Dingen gestanden hätte, sondern weil ich es nicht gewagt habe. Das Begriffsgefüge der Kritik hat für mich etwas Unheimliches, es bleibt mir aus jeder Kritik ein unabweisbarer Rest zurück, und dieser scheint auf die Grundsubstanz meines Schreibens zu zielen. Selbst wenn ich alle Argumente einer kritischen Rezension widerlegen könnte, es bleibt von dem Angriff eine Verletzung zurück, mit der ich leben muß, bis ich sie im Lauf der Zeit vergesse. Kritik kommt für mich mit einer aus der Aufklärung ererbten Autorität einher, und ich gehöre im Grunde genommen noch immer einer Klasse an, die von der Aufklärung nicht erreicht worden ist. Es ist eine deprimierende Erkenntnis: ich bin, um es hier einmal vergröbert zu benennen, einer jener Ost-Intellektuellen mit einem bestimmten Überhang zu proletarischem Verhalten, das mir von meiner Herkunft vermacht worden ist. Dies müßte man genauer definieren, ich schiebe es bis zu meiner nächsten Vorlesung noch vor mir her.
Um es mit einem der in jenen Kreisen üblichen Sarkasmen auszudrücken: ich habe einer herrschenden Klasse angehört, in der man es gewohnt war, die Schnauze zu halten, wenn man oben auf dem Podium ein kritisches Stirnrunzeln auszumachen glaubte. Denn dieses Stirnrunzeln stellte in den wenigsten Fällen das in Frage, was man geäußert hatte, sondern

fast immer das, was man war oder was man sein wollte. Wenn sich jetzt unter einem Bündel von Rezensionen, die mir zugeschickt werden, ein Verriß befindet, was hin und wieder vorkommt, dann reagiere ich immer noch traumatisch: ich verstecke den Verriß, ich verstecke ihn sogar vor meiner Frau, ich vergrabe ihn im tiefsten Winkel meines Schreibtischs, wie ein Pornoheft etwa, danach versuche ich, ruhig zu bleiben und abzuwarten, bis der erste Anfall vorüber ist. Nach einer ganzen Weile erst beginne ich den Verriß nach Gesichtspunkten abzusuchen, die bei aller Negativität dennoch für mich sprechen könnten: ich beginne also mein Vernichtungsgefühl zu bekämpfen. Es ist allzu deutlich: ich reagiere mit Angst; noch die idiotischste Kritik eines entfernten Provinzfeuilletons kann solche Lähmungserscheinungen bei mir auslösen. Daran erkenne ich, daß ich aus einer zentralistischen Gesellschaftsordnung stamme: Kritik hatte dort Konsequenzen, in der Regel bedeutete sie, daß ein kritisierter Schriftsteller *kein* Schriftsteller war. Dies war der eigentliche und unausgesprochene Grundsatz der Kritik im Osten, auch wenn der Umgang mit den Kritisierten im Verlauf der Zeit ziviler wurde. Eine der Merkwürdigkeiten solchen Umgangs mit Literatur war, daß Literaturkritik praktisch schon stattfand, bevor ein Buch gedruckt wurde und in den Buchhandel kam. Die Tätigkeit mehrerer sogenannter Gutachter, die der Druckerlaubnis vorgeschaltet war, machte dies möglich. Es gab also doch, entgegen anderslautenden Behauptungen, eine Literaturkritik in der DDR, nur war es eben keine öffentliche Kritik, weshalb sie auch diesen Namen nicht verdiente, sondern schlicht Zensur genannt werden muß.

Den überwiegenden Teil meines Lebens habe ich versucht, als Schriftsteller in dieser zentralistischen Ordnung durchzukommen – nur eben nicht als öffentlicher Schriftsteller, und

daran ist etwas, das mich ironischerweise mit der Kritik der DDR verbindet –, und es ist diesem Umstand das Gefühl zu verdanken, ich hätte den mir zustehenden Anteil an Kritik schon hinter mir. Das ist natürlich ein Irrtum; bevor ich in den Westen kam, hatte ich praktisch noch gar keine Kritik gekannt. Die Kritik blieb für mich im Verborgenen und hatte den Charakter einer Intrige, die irgendwo, an mir uneinsichtiger Stelle, gegen mich ausgebrütet wurde: was mir bekannt wurde, waren lediglich die Ergebnisse einer solchen Kritik. Ich bekam also sehr wohl einen *Einfluß* von Kritik zu spüren ... es war dies allerdings einer, dessen Verlust in keiner Weise zu bedauern ist, ganz im Gegensatz zu jenem der demokratischen Kritik, die, laut Enzensberger, von der gesellschaftlichen Bühne abgetreten sei, weil sie nicht mehr gebraucht wird. Vielleicht müßte man darauf antworten, daß eine offene Kritik gerade von den Schriftstellern dringend gebraucht wird, die sich seit ein paar Jahren dieser Literatur hinzuzählen, die sich allzu oft die deutsche genannt hat, aber nur die westdeutsche gewesen ist. Wenn es die Schriftsteller aus der ehemaligen DDR auch nicht laut sagen, daß sie Kritik für notwendig halten, so bedeutet das noch nicht, daß sie sich für unkritisierbar halten; wenn sich einige von ihnen von der Kritik des Feuilletons geradezu verfolgt fühlen, so bedeutet das noch nicht, daß sie sich eine Rückkehr in stalinistische Verhältnisse wünschen, jedenfalls will ich das nicht hoffen, denn es liegt vielleicht auch am derzeitigen Zustand der Literaturkritik.
Wie jeder Schriftsteller habe ich mein ureigenes Problem mit der Kritik: es kommt mir noch immer wie bloßes Herausreden vor, wenn ich mir sage, was jetzt noch kommen kann an Kritik, das will mich nicht vernichten, sondern es resultiert aus dem Wesen der Demokratie. Dennoch reagiere ich mit

Fluchtreflexen, mit Panikgefühlen, dennoch sehe ich mich sofort ohne Publikationschancen, in der Warteschlange vor der Obdachlosenküche, wenn ich ein paar kritische Anmerkungen in einer Rezension finde. Wir Schriftsteller aus dem Osten neigen zu Übertreibungen, wahrscheinlich ist dies das Ergebnis einer dauernd unterdrückten Subjektivität: wenn sich diese dann äußert, so äußert sie sich hysterisch. – Ich sage Ihnen etwas, das Sie wahrscheinlich lange nicht gehört haben: ich bin ein Schriftsteller aus der Deutschen Demokratischen Republik. Nichts, das sich vor Ihnen eindeutiger als Phrase zu erkennen gäbe, aber dennoch stimmt dieser Satz. Es gab in diesem kleinen Land, das sich so nannte, nur eine Sache, die »fortschrittlich« und, in einem sehr üblen Verständnis, »wegweisend« war: dieses Land verfügte über eine vollkommen sinnentleerte Begriffswelt. Und der ausgeschriebene Name, den sich das Land gegeben hatte, könnte beinahe als Titel über diesem Thema stehen. Niemals wurden in jenem Land die Begriffe »deutsch«, »demokratisch« oder »Republik« hinterfragt oder kritisch beleuchtet; über allem, was man innerhalb des Systems als kritische Meinungsäußerung verstehen konnte, lag eine kaum durchdringliche Selbstzensur. Selbstzensur kommt aus einem Schutzbedürfnis, sie hat etwas mit dem Selbsterhaltungstrieb zu tun. Neben dem Impuls, sich zu verstecken, kennt der Selbsterhaltungstrieb auch noch sein Gegenteil: die hypertrophierte Zurschaustellung einer monströs aufgeblähten Subjektivität. Wenn dergleichen Verhaltensweisen jetzt kritisiert werden – mit einer gewissen Arglosigkeit, möchte ich fast sagen –, dann trifft man nicht die Texte des Autors, sondern man trifft in Wunden. Wunden aber schließen sich bekanntlich nicht durch Konklusionen, im Gegenteil, durch den »Systemwandel« hat sich so manches erst als Verletzung offenbart. Dem leeren Überbau der Begriffe in der DDR war im Grunde nur mit Erfahrung beizukommen. Erfahrung kann allerdings auch stigmatisierend wirken: ich werde noch zurückkommen auf einen Schriftsteller, auf Jean Améry nämlich, dem es aufgrund seiner Erfahrungen im deutschsprachigen Raum schon frühzeitig möglich war, auf eine aus Frankreich kommende neue Denkmode kritisch zu reagieren, deren resignative Wirkungen in der DDR in den letzten Jahren ihres Bestehens immer häufiger anzutreffen waren.

Ich wiederhole, es hängt von den Erfahrungen eines Schriftstellers ab, wie er mit der Kritik fertig wird. Wer solche Erfahrungen nicht hat oder nur denkbar unangenehme, der braucht die Kritik um so dringender.

Wenn gerade jetzt die Kritik zu den Akten gelegt werden soll, in einem Moment, der nach einem Umbruch aussieht, und wahrscheinlich nach einem entscheidenden Umbruch, dann hätte ich das Gefühl, wir wollten ein Feld notwendiger Erfahrungen einfach überspringen. Man weiß, daß derartige Überholmanöver in der Regel nicht gut ausgehen.

Noch haben wir die Kritik, und sie scheint auch noch nicht völlig wirkungslos zu sein. Vor einigen Jahren sah ich im Fernsehen einer öffentlichen Gesprächsrunde zu, bei der Schriftsteller eingeladen waren, ihre Meinung über den derzeit bekanntesten deutschen Literaturkritiker zu sagen; der Anlaß war ein Jubiläum, vielleicht ein runder Geburtstag des Kritikers. Es wurde in dieser Sendung viel Positives über ihn gesagt, die Skala reichte, soweit ich mich erinnere, von ehrlich gutgemeinten Beiträgen und Würdigungen bis zu sachlich-achtungsvollen Distanzierungen. Nur eine Autorin, die Romanschriftstellerin Gisela Elsner, fiel in dieser Runde aus der Rolle. Allem Anschein nach war sie entschlossen, die Gunst der Stunde zu nutzen und einer lange aufgestauten Wut

Luft zu machen. Sie griff den Kritiker scharf und rücksichtslos an, bleich, sichtlich nach Worten ringend, stieß sie Sätze hervor, die weniger argumentierend als beleidigend waren, ihre Attacke war unversöhnlich und schien von kaltem Haß erfüllt. Es verging einige Zeit, und man konnte aus der Presse von ihrem Selbstmord erfahren. Als ich die Nachricht las, fragte ich mich sofort nach einem möglichen Zusammenhang zwischen diesem Selbstmord und jenem erschütternden Affront, den sie im Fernsehen zu inszenieren versucht hatte. Und gleichzeitig fragte ich mich, ob ich ein Recht hätte, einen Zusammenhang zwischen diesen beiden Vorfällen zu suchen. Ich habe Gisela Elsner nicht gekannt, ich bin ihr nie begegnet, und auch ihre Werke sind mir nicht bekannt. Ich ahne nur, daß sie eine Autorin war, die zu den in Deutschland ungeliebten Schriftstellern zählte, obwohl ihre Bücher als sehr bemerkenswert galten; einst hatte man ihr immerhin den Prix Formentor verliehen. Dennoch war man ihr wenig gewogen, sie stand dem Kommunismus nahe, was man ihr verübelt hat, selbst aus neutral sich gebenden Lexikonartikeln über sie riecht man den Argwohn; es ist bekannt, daß sie als RAF-Sympathisantin verdächtigt wurde, die Bundesrepublik hatte sich ihr von ihrer demagogischsten Seite gezeigt. Ich fragte mich, inwieweit die prominenten Verrisse, mit denen ihre Bücher immer wieder bedacht wurden, zu der Stimmungslage beigetragen haben konnten, die sie letzten Endes nicht mehr ertragen hat.

Nein, ich kann mir nicht erlauben, den genannten Zusammenhang herzustellen, ich kann mich nur fragen, welche Macht die Kritik haben kann. Und ich könnte sogleich antworten, es ist die Macht, die der Kritisierte, der Schriftsteller, ihr einräumt. Es ist eine häufig anzutreffende Eigenart der Kritik, den sogenannten gesunden Menschenverstand für sich zu rekrutieren, und dies hat zweifellos, vielleicht mehr unbewußt, etwas mit einem Hang zur Machtausübung zu tun. Die Kritik begibt sich damit nämlich auf Stimmenfang. Und wozu unternimmt sie solche aus der Politik bekannten Anstrengungen: um mit der Vielstimmigkeit des gesunden Menschenverstandes ein vereinzelt dastehendes Würstchen, einen Schriftsteller, niederzukämpfen. Mit einigem Recht könnte man hier fragen, was die Kritik eigentlich selber von ihrer Macht hält, wenn sie ihre Ansichten als die der geballten Volksmeinung ausgeben muß.

Es gibt noch eine andere Form der Kritik, der man kaum nachsagen kann, sie berufe sich aus Schwäche auf breite Meinungen, im Gegenteil, ihre Wirkung besteht gerade darin, daß hier ein einzelner sein allwissendes Haupt über die vielen erhebt; wenn er sich gar mit dem Flor eines großen Einsamen zu umgeben vermag, so ist dies seiner Kampfesweise am dienlichsten. Es mag wohl sein, daß sich ein solcher Kritiker mit der Vernunft begründet, mit dem gesunden Menschenverstand jedoch kaum. Das Sendungsbewußtsein dieser Kritik ist so stark, daß sie den Eindruck hervorzurufen weiß, es müsse katastrophale Folgen haben, wenn man sich ihr nicht fügte, und diese Kritik scheint es tatsächlich auf Leib und Leben ihrer Opfer abgesehen zu haben; aufgrund so spektakulärer Attitüde sind ihre Namen oft die berühmtesten. In den allermeisten Fällen verschweigt ein solcher Vertreter der Kritik, ob er seine Anschläge metaphorisch versteht oder wörtlich meint ... so ehrlich wie der junge Goethe war noch kaum ein Kritiker; in seinem Fall war der Mordaufruf allerdings einem Rezensenten zugedacht. – Einer der bedeutendsten Namen in der Geschichte der Kritik ist der von Karl Kraus. Als Sprachkritiker, der hauptsächlich die Sprache des Journalismus im Auge hatte, erreichte er den Rang eines der größten

Schriftsteller dieses Jahrhunderts, was sein ausgesprochenes Ziel gewesen ist ... mehr noch, sein Ziel war die Unsterblichkeit, daran besteht für mich kein Zweifel, und dies ist für einen Kritiker immerhin ungewöhnlich.
Wenn man richtiges und genaues Deutsch lernen will, muß man den Österreicher Karl Kraus lesen ... vorausgesetzt, man kann ihn lesen, vorausgesetzt, man hält diesen Autor aus. Ich selbst kann Karl Kraus nur in kleinen Dosen lesen, zum Glück besteht der umfänglichste Teil seines Werks aus solchen kleinen Dosen, aus Aggressionen und Richtigstellungen in einer polemischen Prosa von gleichbleibend hoher Qualität: man kann seine Bücher an beliebigen Stellen aufschlagen, man findet immer eine oder mehrere unumstößliche Wahrheiten. Wenn ein Autor immer recht hat, wenn er, schier zwanzig Bände hindurch, immer den Nagel auf den Kopf trifft, wenn er sich nie eigentlich irrt, wird er uns schnell zu einer unheimlichen Figur. Und Karl Kraus war tatsächlich unheimlich, seine Autorität in Wien, und darüber hinaus im deutschsprachigen Raum, verdankte er einer gnadenlosen Selbstinszenierung auf Kosten anderer, auf Kosten nämlich der von ihm Kritisierten, von denen ihm die wenigsten das Wasser hätten reichen können und es auch gar nicht wagten. Das Paradoxe ist, daß viele ihrer Namen nur dadurch noch im Gedächtnis geblieben sind, weil das Genie Karl Kraus sie zu vernichten trachtete. Die Bewunderung, ja die Ergebenheit, die Karl Kraus erntete, war beinahe einhellig; fast der einzige, der ihm zu seinen Lebzeiten mit Reserve gegenüberstand, war Bert Brecht. Die meisten seiner bedeutenden Zeitgenossen waren ihm förmlich verfallen und griffen die von ihm in Szene gesetzten Mythisierungen dankbar auf, die meisten blieben seine Jünger bis zum Schluß. Elias Canetti, der ihm anfangs ebenfalls hörig war, sich aber später

aus dieser Befangenheit löste, ist eine Ausnahme. Karl Kraus war freilich eine messianische Gestalt, der Forderung eines absoluten Verantwortungsgefühls, was eine der Grundaussagen seines Werks ist, kann man sich schwer entziehen. Aber die Selbstinszenierung dieses großen Einzelnen hatte zweifellos dogmatische, ja diktatorische Charakterzüge, wir müssen es so nennen. Und dieser Sprachgebrauch führt uns auf eine politische Ebene. Man kann das, was von Karl Kraus ausging, schwerlich anders beschreiben als mit politischem Vokabular. Elias Canetti, der vielen öffentlichen Lesungen von Kraus beigewohnt hat, kennzeichnet die Szene folgendermaßen: »Es war eine Stimmung im Saal, wie sie mir von großen politischen Versammlungen her bekannt war: so als wäre alles, was der Redner zu sagen hatte, bereits bekannt und erwartet.« Man hatte sich also über den Gegenstand, den es zu kritisieren galt, schon vorher geeinigt... aber wo hatte man sich geeinigt? In einem schwer auszumachenden Raum, in einem Unbehagen, das noch nicht öffentlich, aber latent vorhanden war; und damit sieht es so aus, als ob auch Karl Kraus auf irgendein Mehrheitsempfinden insgeheim angewiesen war. Auf dieser Grundlage wurde die Kritik dann *zelebriert*, sie war reine Formsache, und ihr Ziel war der totale Beifall. Es ging dieser Kritik nicht darum, etwas zur Diskussion zu stellen, es ging nur noch um ihre rituelle Inszenierung: mit zeremoniellen Mitteln läßt sich Unfehlbarkeit leicht demonstrieren. Nach einem Vergleich für das Ganze brauchen wir nicht lange zu suchen, wir kennen solche Aufführungen aus der Politik, weniger allerdings aus einer parlamentarischen Politik. Canetti schreibt in seinem Aufsatz weiter: »... ich habe damals wirklich erlebt, was es heißt, unter einer Diktatur zu leben. Ich war ihr freiwilliger, ihr ergebener, ihr leidenschaftlicher und begeisterter Anhänger. Ein Feind von Karl Kraus war ein verwerfliches, ein unmoralisches Wesen...« Wenn wir solche Sätze lesen, begreifen wir, es ist sehr wohl möglich, daß es der Kritik um Macht geht. Wir können sogar annehmen, daß es ihr um Macht gehen *muß*, will sie nicht von vornherein ins Leere reden. Dabei brauchen wir, wenn wir von den Intuitionen der Kritik sprechen, durchaus nicht gleich von einem *Willen zur Macht* zu sprechen, es reicht, wenn wir ihren Antrieb einen Willen zur Wirkung nennen. Ohne diesen Willen wäre sie verlorene Mühe, hätte sie schon verspielt, ehe sie den ersten Buchstaben getippt, den ersten Satz in die Kamera gesagt hat. Wir wären naiv, wenn wir glaubten, Kritik wüßte nichts von den Mitteln, wie Wirkung zu erreichen sei: Aufrufe und Ankündigungen, die Opfer der Kritik zu liquidieren, sind Legion. Wir können noch weiter gehen und sagen, es geht einer bestimmten Kritik nicht nur um Macht, es geht ihr um Alleinherrschaft. Die Sucht nach Alleinherrschaft und die Sucht nach sogenannter Unsterblichkeit sind – das kennen wir aus der politischen Krankengeschichte dieser Welt – oft unauflöslich miteinander verzahnt. Natürlich gibt es keine Unsterblichkeit, es gibt sie nur im übertragenen Sinn: es gibt vielleicht etwas wie unsterblichen Ruhm... es ist eigentümlich, daß man gerade bei der Kritik immer wieder Hinweise auf dieses Phänomen findet.

An dieser Stelle ändert sich plötzlich unser Blickwinkel: wir fragen uns, ob das Mißtrauen der Deutschen gegen die Kritik, das sich seit dem Deutschlandbuch der Madame de Staël nicht grundlegend geändert haben soll, wirklich nur ihrem mangelnden Demokratieverständnis zuzuschreiben ist, oder ob dabei inzwischen nicht auch ein Unbehagen am Machtstreben der Kritik seinen Anteil hat. Als Karl Kraus, noch vor der Jahrhundertwende, mit der Herausgabe seiner Zeitschrift

Die Fackel begann, formulierte er im ersten Heft sein Programm: »Kein tönendes ›Was wir bringen‹, aber ein ehrliches ›Was wir umbringen‹ hat sie sich als Leitwort gewählt.« Ein solches Vokabular könnte sich in Deutschland heutzutage kein Kritiker mehr erlauben.

Nach allem, was wir bisher gesagt haben, müßten wir zu dem Schluß kommen, das Anliegen eines Autors, der sich in kritischer Absicht äußert, sei, in welcher Form und für welchen Gegenstand auch immer, die objektive Erkenntnis. Wer mit Kritik befaßt ist, so denken wir, unternimmt zumindest den Versuch, zu einem unparteiischen Urteil zu kommen: doch damit haben wir weit gefehlt! Zu den merkwürdigsten Widersprüchen einer bestimmten Art von Kritik gehört es, daß sie bestrebt ist, sich einer Gemeinde von Gläubigen zu versichern. Wir haben richtig verstanden: von Gläubigen ... die Kritik, der engagierteste Zweig der Aufklärung, ist, oder war, tatsächlich nicht frei von einem Verhalten, wie man es am ausgeprägtesten in klerikaler Orthodoxie findet. Und es ist längst nicht der Fall, daß eine Kritik allein schon durch das Ansinnen von Unterwerfung null und nichtig wird, im Gegenteil, Kritiker, die solches praktizierten, wurden geradezu die berühmtesten, wie man es am Beispiel von Karl Kraus sehen kann. Man fragt sich ratlos, wie der scharfsinnige Denker Kraus den geballten Opportunismus ertragen hat, der ihm auf seinen öffentlichen Veranstaltungen entgegenschlug. Wahrscheinlich war ihm so viel Ergebenheit zuwider, aber er verdrängte diesen Widerspruch, er brauchte den frenetischen Beifall, im Grunde seines Herzens war er ein Schauspieler. Damit sage ich nichts gegen Schauspieler, ich frage mich nur, was Schauspielerei in der Kritik zu suchen hat. Das Problem, um das es hier meiner Ansicht nach geht, hatte Friedrich Nietzsche schon einige Jahre vor dem Auftritt von Karl Kraus diagnostiziert. In seiner Polemik gegen Richard Wagner wirft er dem Komponisten vor, mit ihm begänne »die Heraufkunft des Schauspielers in der Musik«. Wie nun erklärt sich der Vorwurf Nietzsches gegen seinen früheren Freund Wagner: die Quintessenz könnte lauten, Wagners Musik wende sich nur noch an überreizte Nerven, er sei nur noch auf *Wirkung* aus und damit vermehre er die Erschöpfung. Wagner ist eine Neurose, sagt Nietzsche, und er nennt ihn den »modernen Künstler par excellence«, den »Cagliostro der Modernität«, der ganz genau wisse, was »heute alle Welt am nötigsten hat, – die drei großen Stimulantia der Erschöpften, das Brutale, das Künstliche und das Unschuldige«. Das ist eine Trinität von Reizen, in die man sich inzwischen in jeder Wohnstube, rund um die Uhr, einschalten kann. Ich frage mich, ist nicht auch Karl Kraus mit Cagliostro, diesem genialen Scharlatan, verglichen worden?

Nietzsche beschreibt Wagner im Grunde als den Künstler, der sein Publikum nicht mehr erkennt, und damit trifft er den Nagel auf den Kopf. Mit Wagner schlägt die Kunst eine Richtung ein, die schnurstracks bis in jene Konferenzräume führt, in denen heute Einschaltquoten ausgewertet werden. Kreativität beschränkt sich nicht mehr allein auf die Arbeit am Kunstwerk, sondern – und das ist das Neue – sie muß sich ihr Publikum synchron miterschaffen. Anders erklärt heißt das: der Künstler sieht sich gezwungen, seine Arbeit – oder, wenn wir so wollen: den Schöpfungsakt – in zwei Hälften zu teilen: der eine Teil gilt dem Werk, der andere Teil dem Publikum dieses Werks. Er hat nun zwei Möglichkeiten: entweder er bringt die doppelte Kraft auf, oder er wendet nur die halbe Kraft an sein Werk. Wenn ihm eins von beidem gelingt, entsteht das, was wir heutzutage »die Szene« nennen. Sie bemerken es sofort, der Begriff »Szene« stammt aus der Schauspielkunst.

Im Fall Wagner war dieses Publikum der Wagnerianer, im Fall Karl Kraus war es, weniger deutlich benannt, in vergleichbarer Form entstanden. In einer Antwort auf eine Umfrage über Karl Kraus schreibt Hermann Broch 1913, nachdem er es ablehnt, sich zu äußern, weil er seiner Aufgabe nicht gewachsen sei: »Ich erinnere mich an das widerwärtige Bild jenes intellektuellen Publikums, das in Wiener Kraus-Vorlesungen allzu sinnfällig Verständnis mimt und im Grunde, der Oberfläche des Witzes sich hingebend, den äußerlichen Jargon begrölt. Soll man solches züchten helfen?« Wenn wir die Diagnose Nietzsches erweitern wollen, so hieße dieser Satz: mit Karl Kraus beginnt die Heraufkunft des Schauspielers in der Kritik.
Man kann sich fast jeden Tag im Fernsehen einen oder mehrere Filme jener sogenannten Comedy-Serien ansehen – wahrscheinlich sind Sie alle schon einmal auf einen solchen Sketch gestoßen –, in denen auf witzige Art, lediglich durch das Gerede immer derselben Schauspieler, die banalen Probleme des Lebens, und nebenher Gott und die Welt, heruntergerissen werden, teilweise kann man sich dabei ganz gut unterhalten lassen. Das Merkwürdige an diesen Filmen ist, daß nach jedem Witz, also etwa nach jedem Punkt im Drehbuch – und amerikanische Drehbücher legen scheinbar Wert auf kurze Sätze und enthalten viele Punkte – das Gelächter eines imaginären Publikums eingeblendet wird, ein wirkliches Publikum ist nicht da, die Stücke entstehen selbstverständlich im Fernsehstudio, eine Bühne ist nicht vorhanden. Mit dieser Holzhammermethode wird dem eingenickten Fernsehzuschauer das Fallen der Pointe signalisiert, man kann dergleichen einfach nur dümmlich finden, und das ist es wahrscheinlich auch. Dennoch wirft es ein bestimmtes Licht auf das Verhältnis zwischen Kunstprodukt und Publikum. Mir fällt, wenn ich

solches sehe, immer ein Satz von Max Reinhardt ein, dem Theaterregisseur, der aus Wien kam, in der Zeit vor 1933 in Berlin Furore machte und im amerikanischen Exil starb. Der Satz, 1943 geschrieben, lautet: »Der Applaus wird auf der Szene exekutiert, er ist ein Teil der Vorstellung.« Er bezog sich nicht mehr auf das Theater, Max Reinhardt sah die ganze Welt in eine Bühne verwandelt, er meinte das Europa, durch das die Reden von Goebbels schallten.

Wir müssen uns fragen, ob wir nicht schon bei einem anderen Thema sind. Habe ich nicht den Bereich der Kritik, den ich einzukreisen versuchte, längst verlassen, bin ich nicht schon über das Ziel hinaus? Ist es zulässig, frage ich mich, Vergleiche für ein bestimmtes Verhalten, wie es in der Kunst der Moderne zu beobachten ist, in der Politik zu suchen? Auf der politischen Szene geht es um Macht, Herrschaft, um Einflußbereiche; ein Mittel zur Verstärkung ihres Einflusses, auf das die Politik nicht verzichten kann, ist die Manipulation ... oder die *Verführung*, wie es Nietzsche entlarvend gesagt hat. Und schon für Nietzsche gehörte der Wille zur Verführung zum Wesen des modernen Künstlers. Im Hinblick auf den schwindenden Einfluß von Kunst und Literatur in der Moderne erkennen wir tatsächlich immer wieder Bestrebungen, durch die Art der Kunst-Repräsentation manipulativ auf das Publikum einzuwirken; und diese Art der Repräsentation erscheint oft ebenso dogmatisch und diktatorisch wie im politischen Bereich, so daß wir uns fragen könnten, wer hier von wem gelernt hat. Es geht auch der Kunst der Moderne um Macht, um Einfluß, und dies um so mehr, seit sie diesen Kampf auf der ganzen Linie zu verlieren scheint. Fragen wir uns, welche Seite der Kunst es ist, von der jenes Interesse am Einfluß ausgeht, so besteht kaum ein Zweifel: es ist ihr kritisches Element, von dem wir schon die ganze Zeit gesprochen haben. Bleiben wir auf dieser argumentativen Linie, dann schließt sich die Frage an, ob die kritische Botschaft der Moderne tatsächlich etwas zu tun haben kann mit Manipulation oder Verführung. Wir müssen es bejahen: sie bedient sich oft genug dieser Mittel; es scheint, als seien wir hier auf einen Grundwiderspruch gestoßen.

Kehren wir vom Allgemeinen zum Besonderen zurück: gegen Ende meiner ersten Vorlesung habe ich behauptet, in den öffentlichen Medien – also dort, wo es um Einfluß geht – hat die Kritik den Vorrang vor der Literatur gewonnen. Vordergründig sieht es tatsächlich so aus, als hätten in den Hauptmedien, in den elektronischen nämlich, allen voran im Fernsehen, primäre und sekundäre Literatur die Plätze vertauscht. Dieser Eindruck muß notgedrungen entstehen, denn ein Schriftsteller mit Brille, der auf dem Bildschirm die Zeilen mit dem Zeigefinger abfährt und seine Texte in den Bart murmelt, hat immer etwas Merkwürdiges. Die Kritiker dagegen, wenn sie gut angezogen sind und sich nach bissigen Bonmots besänftigend die Handrücken tätscheln, bringen es da schon eher zuwege, daß wir uns in der U-Boot-Beleuchtung der Wohnzimmer an der Knabbermischung verschlukken. Natürlich, so wird man einwenden, geht es auch in der im Fernsehen vorgetragenen Kritik in erster Linie um Literatur: einem literarischen Werk, wird man sagen, das im Fernsehen positiv besprochen wird, kann gar nichts Besseres passieren, die Empfehlung eines Buchs im Fernsehen wirkt sich ungleich stärker auf die Verkaufszahlen aus als jede noch so lobende Rezension in der Presse. Das ist richtig, der Autor, dessen Buch das Glück hat, im Fernsehen vorgestellt zu werden, profitiert vom Starglanz der Kritiker, im Grunde sagt dies noch nicht, daß primäre Literatur nicht weiterhin primäre Literatur geblieben wäre.

Die Frage ist, was geschieht unter solchen Gesichtspunkten mit dem, was wir das kritische Element der Literatur genannt haben. Es wird, verkürzt ausgedrückt, zu einer Modeerscheinung, es beginnt immer mehr den Mechanismen des Showbusineß zu gehorchen. Da das Fernsehen die Tendenz hat, Stars zu produzieren, gerinnt die kritische Botschaft zur attraktiven Allüre eines Stars, die Kostümierung der Botschaft gewinnt den Vorrang vor ihrem Inhalt. Der Einfluß der Kritik verlagert sich immer mehr auf das Entertainment, mit dem sie in Szene gesetzt wird. Im Fernsehen endlich triumphiert die schauspielerische Attitüde des Kritikers vollends und drängt den Sinn der Kritik ins Off. Es gibt auch hier eine Vergleichsmöglichkeit aus dem Bereich politischer Macht: als das Medienzeitalter im Begriff war, einen neuen vorläufigen Höhepunkt anzusteuern, wurde in Amerika ein Hollywood-Schauspieler Präsident. Ich nenne das Beispiel nicht ohne den Hintergrundgedanken an die Funktion, die der Begriff »Präsident« bezeichnet: spätestens seit ihrem Einzug ins Fernsehen hat auch die Kritik eine repräsentative Funktion übernommen. Vielleicht entdecken wir hier, daß der vielgeschmähte Marshall McLuhan mit seinem kryptischen Satz aus den sechziger Jahren doch nicht ganz unrecht hatte: »Das Medium ist die Botschaft.« Repräsentanz ist die neue Masche der Kritik, und dies um so mehr, je wirkungsärmer, aussichtsloser und auswechselbarer sie geworden ist, je konfuser das Pseudolatein wird, mit dem sie über alle Symptome, und besonders über das ihres eigenen Bankrotts, hinwegbrabbelt.

Ich will, kurz vor dem Ende der Vorlesung, noch auf einen Einfluß zu sprechen kommen, der von einer Kritik ausgeht, die man kurz und bündig eine Form der Kritik an der Kritik nennen könnte. Ich erlaube mir Vereinfachungen; es geht mir

heute nur darum, etwas anzureißen: dieser Diskurs – jetzt gebrauche ich das Wort wieder, um im Kontext zu bleiben – unternimmt oft genug nichts weiter, als ein bestimmtes Begriffsverständnis von den Füßen auf den Kopf zu stellen ... nicht besonders marxistisch, könnte man sagen, aber das will man dort freilich auch nicht mehr sein. Beispielsweise behauptet man, in bestimmten Krankheitsformen ein eigentliches Bild von Gesundheit zu erkennen, gleichgültig, ob ein davon Betroffener daran leidet oder nicht, oder man nennt das Widerstand, was gerade im Begriff ist, sich aufzugeben.
Es wird sich wahrscheinlich nie vollständig aufklären lassen, wie ein Teil der Literatur der DDR – derjenigen, die ich hier die späte DDR-Literatur nennen will: mit Vorbehalt, denn viele Autoren würden sich wohl von einer solchen Einordnung distanzieren – zu einem gefundenen Fressen geworden ist für eine Denkmode, die hauptsächlich aus Frankreich kam. Die neue »Franzosenkrankheit«, wie Jean Améry sie bezeichnete, hatte im letzten Jahrzehnt der DDR, ausgerechnet in diesem hermetisch abgeschlossenen Land, plötzlich vernehmliches Raunen ausgelöst, während dieser *Neostrukturalismus* in Frankreich längst wieder am Abklingen war; Verspätung in Modedingen aber machte den Leuten in der DDR nicht so viel aus. Es waren Autoren wie Foucault, Lacan, Derrida, Lyotard oder Baudrillard, die auf einmal diskutiert wurden oder vielmehr zur Religion erklärt wurden, ihre Bücher sickerten ein, ohne daß man Anstoß daran nahm; selbst Glucksmann und Henri-Bernard Lévy wurden mir vom Zoll mit achtungsvoller Miene in den Koffer zurückgelegt, obwohl sie doch eigentlich Buhmänner für die DDR hätten sein müssen. Sartre hingegen war noch immer eine Unperson an sich, seine literarischen Werke waren zwar in säuberlichen Auswahlbänden ediert, in exklusiv niedrigen

Auflagen, seine philosophischen und politischen Bücher aber wurden weiterhin von den Furien der Literaturpolizei gehetzt und lagen versperrt in den Giftschränken. Der kritische Sozialist Sartre, der Aufklärung verpflichtet, im Namen der Zukunft um Einfluß ringend, war in der DDR die »schreibende Hyäne« geblieben, als die ihn der Stalinist Fadejew tituliert hatte. Es kann sein, daß ich eine neue Legende in die Welt setze, wenn ich vermute, daß es die Gegenposition zu Sartre war, welche den Strukturalismus in der DDR hoffähig werden ließ, man kann nur darüber spekulieren, denn auf dem Weg dorthin brach die DDR zusammen. Ein Baudrillard, der die gesamte westliche Zivilisation am liebsten zur Simulation erklärt hätte, der mußte einfach für die Ideologen der DDR interessant sein . . . er hatte noch einen Vorteil, er ignorierte fast vollständig die Zustände im Ostblock: der Sozialismus war schon eine Simulation und brauchte nicht mehr als solche definiert zu werden. Es war ein seltsamer, aber nicht etwa unlogischer Vorgang: in dem Land, in dem der Materialismus zur Staatsdoktrin erhoben war, der Begriff Aufklärung dabei zu einer nur plakativen, sinnentleerten Hülse verkommen war, griffen junge Autoren nach den Werken einer Gegenaufklärung: und dies, anstatt sich mit den Grundlagen der Aufklärung zu beschäftigen. Sie nahmen den Kampf gegen die Vorspiegelung von Aufklärung nicht auf, sie resignierten. Dabei hätte uns nur dies helfen können: es klingt großspurig, aber wir hätten die Aufklärung der Macht entreißen müssen, wir hätten es zumindest versuchen müssen.

Es ist schließlich dennoch geschehen: die Sätze, die auf den Montagsdemonstrationen gesagt wurden, waren Sätze der Aufklärung, sie nahmen den bürokratischen Sprachgebrauch der Macht auseinander, sie widersprachen der Vorherrschaft

der Simulation. Aber vielleicht hätten uns einige Irrwege erspart bleiben können: und diese Irrwege machten es dem Westen später allzu leicht, das Ganze zu desavouieren, das im Osten entstanden war.
Es sind Aussagen eines Dichters vom Prenzlauer Berg in Berlin gedruckt worden, die später, nachdem die Verstrikkungen des Betreffenden mit dem DDR-Geheimdienst offenbar wurden, als ein verschlüsseltes Eingeständnis seiner Kollaboration gelesen worden sind, diese Sätze lauten: »man hat es gelernt, mit der schizophrenie produktiv umzugehen. ich bin nicht schizophren, sondern ich bin der, der schizophrenie als mittel zur verfügung hat. d. h., ich brauche nicht die zwei welten, in denen ich existiere und mich ausdrücke, und ich kann eine immer sterben lassen. welchen sinn das hat, interessiert dabei erstmal weniger als die möglichkeit. ich verfüge über die mittel der schizophrenie, ohne selbst betroffen zu sein ...« Für mich lesen sich diese Sätze noch anders, sie lesen sich für mich wie eine simplifizierte Apologie aus dem *Anti-Ödipus* der Strukturalisten Gilles Deleuze und Felix Guattari. Nur daß hier nicht vom Hochschulkatheder aus und in materieller Sicherheit das Krankheitsbild des Schizophrenen zum Widerstand gegen die gesellschaftliche Norm umfunktioniert und schlicht weiterempfohlen wird: hier bezieht dies einer auf sich, hier flüchtet sich einer aus der Wirklichkeit in eine Idee. Die Verwirrungen, die sich hier aussprechen, lassen sich kaum noch durch Logik auflösen: der Schriftsteller, von dem hier die Rede ist, »exterritorialisierte« sich natürlich keineswegs nur theoretisch, wie er behauptet; er verfügte eben nicht über Schizophrenie als Mittel, sondern ließ sie sich aufzwingen. Die schematischen und letztlich inhumanen Schreibtischthesen von Deleuze und Guattari dienen hier bloß der Rechtfertigung einer Resignation. Es

steht mir nicht zu, darüber zu richten, in welchem Moment Resignation verständlich wird und respektiert werden muß: solange sie einer noch mit solchen Winkelzügen zu reflektieren vermag, wie im vorliegenden Fall, darf man jedenfalls weiter mit ihm darüber diskutieren.

Für viele Dichter und Künstler der ehemaligen DDR, die in scheinbarer Aussichtslosigkeit zu verharren gezwungen waren, wenn sie sich nicht kriminalisieren lassen wollten, bot der strukturale Diskurs verführerische Muster an. Das Verführerische dabei war, daß in diesen Diskursen das Ende der Aufklärung und die Entbehrlichkeit der Kritik postuliert wurden: damit war ein Zustand zur logischen Realität erkärt worden, der in der DDR sichtbar und greifbar vorherrschte – nur daß er hier die Folge eines tiefgreifenden Realitätsabbaus war. Bücher wie der *Anti-Ödipus* stellten sich aufgrund ihrer spektakulären Thesen im stagnierenden Jahrzehnt vor dem Untergang der DDR als ein Mittel zum Widerstand dar, dabei waren diese Werke selbst nur Werke der Resignation. Die scheinbare Kompromißlosigkeit ihrer Gedankenexperimente war eine Form des Rückzugs. Sie empfahlen nicht, die Sprache der Macht beim Wort zu nehmen, was sie nahelegten, waren verschiedene Möglichkeiten, sich durchzumogeln.

März–April 1995

3. Vorlesung

Es geht nicht mehr um Kitsch oder Nicht-Kitsch, um zuviel oder zuwenig Larmoyanz, um mehr oder weniger Figuren oder Adjektive in der Prosa, es geht um den Untergang. Merken wir denn nicht, daß das Gewimmer, von dem T. S. Eliot am Schluß eines seiner bekanntesten Gedichte spricht, schon längst angefangen hat. T. S. Eliot war einer der Dichter, dem man kaum ein Wort so richtig glauben wollte, statt dessen hat man daran herumgemäkelt, daß er manches Versmaß neu aus der Taufe gehoben und ein anderes dafür verdorben habe. Das ist einige Jahre her, inzwischen kann man feststellen, daß der Verkaufserfolg für Verslehren ziemlich dünn geworden ist; sie verstauben selbst dann noch in den Regalen der Antiquariate, wenn sie nur drei Mark kosten.

Wie lange wollen wir noch jenen älteren Herrschaften zuhören bei ihrem ästhetizistischen Gehaspel, mit dem sie vielleicht schon so viel verdient haben, daß sie sich im Fall der Fälle eine Klimaanlage leisten könnten. Ich weiß, das Wort *Klima* gehört inzwischen zu den Tabus in der Literatur. Wenn die Literatur auch sonst nichts mehr bedeutet, über die Tabus in dieser Gesellschaft scheint sie noch zu verfügen. Wie fast alles, sind auch die Tabus heute nicht mehr das, was sie einmal waren. Was früher geeignet war, die Teilhabe der Literaten an den verfassungsmäßig verbrieften Rechten auf Publikationsfreiheit zu untergraben, das ist heute in der Re-

gel ziemlich wohlfeil geworden. Die wirklichen Tabus aber machen schlechte Stimmung auf dem Absatzmarkt. Jene älteren Herrschaften indessen, die, jeder auf seinem Gebiet, diese Tabus in persönliche Pflege genommen haben – und freilich nur deshalb, weil ihre ästhetischen Theoreme überleben sollen –, werden sich hüten, die Rangfolge des »Unsäglichen«, was eins ihrer Lieblingswörter ist, noch einmal zu überdenken, sie haben nämlich ohnehin nicht mehr allzu viel Zeit vor sich, und sie kümmern sich einen Dreck um die nachfolgenden Generationen. Sie behaupten dies nur.
Was also suchen wir noch im Halbdunkel unterhalb ihrer Podien? Vielleicht komme ich im Verlauf der Arbeit an diesem Vortrag zumindest dahinter, was ich bei ihnen gesucht habe. Vielleicht könnte ich in einem Satz zusammenfassen, was ich nicht gefunden habe: das Mittel, das es mir ermöglicht, in Jahren noch gelesen zu werden. Es gibt eine unbändige Flut von Vokabeln, die ohne jegliches Zutun sofort über die erbärmliche Aussage dieses Satzes herfallen, die Kritik an einem solchen Satz braucht scheinbar überhaupt kein Sprachrohr mehr: ich behaupte dennoch, er hat sich in mir bis jetzt noch nicht unterdrücken lassen. Ich behaupte, sage ich, daß die Frage für mich existiert, und ich sage nicht, ich bekenne es, wie die gebräuchliche Floskel in solchen Fällen heißt. Seit wann muß sich ein Schriftsteller zu einer Sache bekennen, die gleichsam in der Natur der Schrift liegt. Seit die Moderne ihren Höhepunkt erreicht hat, seit Beginn des 20. Jahrhunderts, sehen sich Schriftsteller genötigt, sich zu dem Gedanken an das Überleben der Literatur zu *bekennen*, sie müssen also einer Art Konfession beitreten, wenn sie mehr wollen, als an der Vergnügungsindustrie teilzunehmen. Im 20. Jahrhundert, und besonders in seiner zweiten Hälfte, werden Schriftsteller verlacht, wenn sie vom Überleben sprechen.

Im 20. Jahrhundert ist tonnenweise Sekundärliteratur verfaßt worden, die unter allen nur denkbaren Volten und Verrenkungen nur zu dem einen Schluß kommt: der Gedanke an das Überleben der Literatur ist nicht mehr ernst zu nehmen. Gegen diese Gewalt kommt ein einzelner Schriftsteller nicht an. Einer der wenigen Autoren, die dennoch genügend Verantwortung gezeigt haben, dieses Problem immer wieder aufzuwerfen, war Elias Canetti. Als Canetti dem sogenannten deutschsprachigen Raum einen Literatur-Nobelpreis einbrachte, war er gut und wir feierten ihn, inzwischen hat das Gemecker an seiner Person eingesetzt, und es geht, man kann es nachlesen, regelmäßig genau um den Punkt, an dem er auf dem Überleben der Literatur beharrte. Dafür wirft man ihm Arroganz und Eitelkeit vor. Überleben zu wollen, das ist also eitel und arrogant. Ich habe von der deutschen Presse schon so manche Lehre angenommen, diese aber geht mir zu weit.

Man kann es unter anderem bei Canetti nachlesen, daß Stendhal ein Schriftsteller war, der eine andere Möglichkeit für sich gar nicht in Betracht zog. Canetti schreibt: »Er begnügte sich ohne Wehleidigkeit damit, für wenige zu schreiben, aber er war ganz sicher, daß in hundert Jahren sehr viele ihn lesen würden. Klarer und isolierter und ohne jede Anmaßung ist der Glaube an literarische Unsterblichkeit in modernen Zeiten nicht zu fassen.« Es geht hier, das lassen Sie mich beiläufig sagen, um eine andere Art der Unsterblichkeit: nämlich um die von Büchern, nicht um die eines Repräsentanten. Wenn man bedenkt, daß Stendhal mit seinem Verleger einen Vertrag abschloß, der vorsah, den Roman *Rot und Schwarz* in zwei Auflagen zu je 750 Exemplaren zu drukken, so klingt das für heutige Verhältnisse äußerst bescheiden. Wer würde dafür heute überhaupt einen Computer in

Gang setzen? Vielleicht waren 750 Exemplare damals eine hohe Auflage, ich weiß es nicht, offenbar jedoch eine ausreichende, *Rot und Schwarz* deutlich genug dem Bestand der französischen Literatur anzugliedern, damit hatte der Autor Stendhal sein Ziel erreicht. Es ist offensichtlich, Stendhal schrieb für die Nachwelt; anstatt eine solche Haltung bloß anmaßend zu nennen – was heute jedem Autor mit vergleichbarem Anspruch zwangsläufig geschieht –, könnte man auch das Verantwortungsgefühl hervorheben, das darin liegt. Nun ist der Begriff »Verantwortung« inzwischen zu einem jener Tabus geworden, von denen ich anfangs sprach. Es ist nicht so, daß einem das Wort niemand mehr abdrucken will, doch man kann sicher sein, daß man dafür verhöhnt wird, wenn man es verwendet.

Aus dem Land Stendhals, meine Damen und Herren, kommen nun ganz andere Sätze auf den Markt. Lassen Sie mich, obwohl man das nicht soll, ein Stück aus dem Zusammenhang reißen und zitieren; es lautet: »Neu ist allerdings die Radikalität, mit der heute der unaufhaltsame Siegeszug der Medien dazu tendiert, die Zeitlichkeit der Schrift zu maßregeln, sie einzuschränken und aus dem allgemeinen kommunikativen Prozeß zu verdrängen. Der Vorwurf der ›Unverständlichkeit‹ bekommt dabei immer mehr eine moralische Färbung. Wer heute ein ›unverständliches‹ Buch schreibt (bzw. einen ›unverständlichen‹ Artikel oder Aufsatz), der begeht in den Augen der Kommunikationstechnokraten aller Schattierungen einen Kardinalfehler. Mehr noch: er wird bezichtigt, das kollektive Werden zu sabotieren; er macht sich also angesichts eines abstrakten gesellschaftlichen Zeitvolumens schuldig.«

Es ist natürlich an diesen Sätzen nichts Falsches, dennoch frage ich mich, welchen Kurs ein solcher »Diskurs« ein-

schlägt, der das, was uns alle hetzt, übervorsichtig ein »abstraktes gesellschaftliches Zeitvolumen« nennt. Wovon redet der Mann, möchte man fragen, weiß er noch nicht, daß sich das Volumen längst in ein Loch verwandelt hat. Wo sind, frage ich mich, in diesen Sätzen die Leser, über deren Köpfe hier hinweggeschrieben wird. Sie sind verschwunden, und zwar zu Recht, das Recht zu verschwinden ist auf ihrer Seite. Die Frage, die sich der Autor stellt – ob es im nächsten Jahrhundert noch Bücher geben wird –, kann mit gutem Recht verneint werden, wenn man ihm folgt, denn Bücher ohne Leser sind das Papier nicht wert, dessen Herstellung und Verarbeitung uns dem Klimakollaps immer näher bringt. Und selbstverständlich ist mein Vorwurf hier moralisch; seitdem man sich in Frankreich alle Mühe gibt, hinter Sartre zurückzufallen, wird es wieder interessant, über den Unterschied zwischen Moral und Unmoral nachzudenken. Ich muß zugeben, es ist mir vollkommen gleichgültig, ob bei den »Kommunikationstechnokraten aller Schattierungen« verständliche oder unverständliche Bücher abgeliefert werden. Wenn es unter diesen Leuten Leser gibt, so werden sie, fürchte ich, die unverständlichen Bücher ebenso schulterzukkend beiseite legen, wie es die übrigen Leser schon längst getan haben. Dennoch ist es denkbar, daß Kommunikationstechnokraten ein unverständliches Buch nicht für einen Kardinalfehler halten, denn sie müßten dankbar sein, wenn sich ihre Konkurrenz selbst ausschaltet und daran mitwirkt, die Schrift einzuschränken und aus dem allgemeinen kommunikativen Prozeß zu verdrängen.
Die Sätze, die ich zitiert habe, finden sich in einer Publikation, die pünktlich zehn Jahre vor dem großen Silvester herausgekommen ist; ihr Titel ist *Vor der Jahrtausendwende: Berichte zur Lage der Zukunft*, herausgegeben von Peter Slo-

terdijk; und das Kapitel des Aufsatzes heißt »Es wird also im nächsten Jahrhundert keine Bücher mehr geben«. Es wird darin einiges über die »Zeit der Unterschrift« gesagt, was damit immer auch gemeint sei; zum Beispiel: »Die Zeit der Unterschrift – die Zeit des letzten Wortes – fällt nicht in die Kategorie des Möglichen, sondern der Festigung.« Wir können die Namensnennung des Autors also getrost in den Anhang verschieben.

Leider erneut zusammenhangslos zitiere ich noch einmal aus diesem Aufsatz: »Die zeitliche Ökonomie der Rede, und erst recht die zeitliche Ökonomie der telematischen Behandlung von Sätzen, tendiert per se zum ökonomischen Nirwana, zur Ek-Stase des Austauschs. Ihr Ideal ist die reine Ankunft der Botschaft, das Polieren des Opaken, die Übersetzung des Geschehens zum Datum.« Wahrscheinlich gilt der kaltschnäuzige Intellekt solcher Verklausulierungen nur noch dort für verständlich, wo der Autor sich aufhält, im strukturalistischen Nirwana. Worum es eigentlich geht, erfährt man einige Zeilen später: »Das Plädoyer für die Schrift – für ihre grundsätzlich zeitaufschiebenden Verführungen – heißt also nicht, eine uralte und zunehmend inadäquate Technologie der Kommunikation aus einem letztlich unbegründbaren konservativen Bedürfnis heraus zu verteidigen, sondern der Ökonomisierung der Sprache Widerstand zu leisten.«

Ich muß zugeben, daß ich diesen bemühten Mode-Jargon für glatten Betrug halte – freilich, ich vergaß, die Leser kommen auf dieser Ebene ohnehin nicht mehr vor –, und Betrug hat letzten Endes doch ökonomische Gründe. Daß Lesen ein konservatives Bedürfnis sei, das ist mir egal, ebenso egal, wie jene Behauptung des Staats, aus dem ich kam und der sich progressiv glaubte, ein Leseland zu sein: er hat uns damit schier überfordert. Die Meinung, daß Lesen letztlich ein unbegründbares Bedürfnis sei, macht mich, ehrlich gesagt, um eine Antwort verlegen, denn sie muß ebenfalls aus dem Nirwana stammen. Man braucht – was freilich nur bei uns im Deutschen geht – in dem Wort *Lesen* nur einen Buchstaben auszuwechseln, und der Satz stimmt ganz genauso: Leben ist ein letztlich unbegründbares Bedürfnis. – Und dies ist natürlich auch der Grund dafür, daß es von philosophischen Technokraten aller Schattierungen Stück für Stück abgewertet wird. Was soll man über dergleichen *Berichte zur Lage der Zukunft* noch sagen: wahrscheinlich werden die Pseudo-Philosophen erst dann erschrecken, wenn die Leute auf der Straße, über deren Köpfe hinweg geredet und verdient wird, damit beginnen, die Sprache auf ihre Weise virtuell zu verstehen, und das Benzin nicht mehr in den Autos verbrennen, sondern die Autos im Benzin.

In meinen vorangegangenen Vorlesungen habe ich behauptet, daß die DDR sich ein völlig sinnentleertes Begriffssystem errichtet hatte: in ihren letzten beiden Jahrzehnten wurde dies immer deutlicher; es war die Zeit, in der auch ihre westlichen Verteidiger abbröckelten, ich erinnere mich, wie begierig die Stellungnahme Sartres zum Einmarsch des Warschauer Paktes in Prag gelesen wurde, wie hektisch die Stasi-Helfer auf der Suche nach solchen und ähnlichen Papieren waren, die teilweise in Maschinenabschriften kursierten. Zu dieser Zeit etwa begannen auch die letzten ernstzunehmenden Intellektuellen der DDR, Zweifel an der Substanz dieses Begriffsgebäudes zu nähren. Wie soll man ein solches Begriffsgebäude beschreiben? Am besten mit einem Vergleich. Vielleicht haben Sie schon einmal Bilder von den architektonischen Entgleisungen der Ceauçescu-Regierung in Bukarest gesehen. Hinter den unheimlichen Beton-Monstrositäten, die Macht, Gewalt und Unerschütterlichkeit vorzeigen und dabei auf Luxus radikal verzichten, befindet sich, wie man weiß, das Niedrige: Karrieresucht, Selbstbetrug, Vetternwirtschaft, Erpressung und Bestechung. Alles das, was im Westen öffentlich auf der Straße liegt und woran jeder das Recht hat zu leiden, verbarg sich dort hinter einer unnahbaren Fassade. In der DDR, wo man zu skrupulös war, sich mit solchen baulichen Manifestationen zu umgeben, der Westen lag direkt vor der Haustür, erfüllte solche Zwecke ein verbaler Apparat, dessen Unangreifbarkeit ähnlich wirkte wie die Gemäuer Ceauçescus. Natürlich gab es öffentliche Sprachrituale in allen sozialistischen Staaten, doch waren sie in der DDR von einer eigenen Spezifik. Der Begriffsapparat war eine reine Reaktionsmaschine; wie der Beton Ceauçescus aus dem Westen importiert war, so bezog die offizielle DDR-Sprache ihre Anlässe, aktiv zu werden, direkt aus dem Westen: daß das Wort »Klassenkampf« in der DDR bis zuletzt überlebt hatte, mag ein Anzeichen dafür sein. Bevor das Fernsehen kam, wußten wir im Osten nur sehr bedingt etwas von den Anlässen, die die Ghostwriter der DDR-Sprache reizten, ihre semantischen Fassaden aufzustocken. Und dann kam das Fernsehen, seine Erfindung und Verbreitung war ein Riesenglück für den Westen, es kam etwa zur selben Zeit, in der sich die DDR mit einer geschlossenen Grenze umgab. Das Fernsehen war wirkungsvoller als die Atombombe, weshalb der Westen alles auf das Fernsehen setzte, während der Osten sich gezwungen sah, weiterhin alles auf die Atombombe zu setzen. Alles Reden, das in der DDR stattfand, war niemals nur eine Auseinandersetzung zwischen Oben und Unten, es hatte jederzeit noch einen dritten Teilnehmer, das Westfernsehen, und dieser Teilnehmer beherrschte das Gespräch nach Belieben.

Bis auf den heutigen Tag geschieht es immer wieder, daß ich

in den Feuilletons, besonders in denen, die ihren Ursprung in den alten Bundesländern haben, als ein Autor beschrieben werde, der aufgrund seiner Herkunft sowie seines Lebensverlaufs Voraussetzungen gehabt hätte, geradezu ein Vorzeigepoet der Arbeiterliteratur zu werden, des sozialistischen Realismus gar, oder man drückt, was noch weiter geht, sein Erstaunen darüber aus, daß es in der DDR niemals den ernstlichen Versuch gegeben hat, mich zu einem prototypischen Vertreter des ebensoviel beredeten wie inexistenten Bitterfelder Wegs zu machen. Mutmaßungen dieser Art sind geradezu lächerlich, sie zeigen nur, wie weitgehend sich das westdeutsche Feuilleton, bei aller kritischen Anstrengung, schon im Begriffsnetz der DDR-Ideologie verstrickt hatte. – Wenn es in der DDR eine Klasse gegeben hat, der man fast von allen Seiten her Argwohn entgegenbrachte, dann waren es die Arbeiter. Sie stellten die zahlenmäßig stärkste Schicht der DDR-Bevölkerung dar, und dieser Gruppe gehörte ich an, bis ich 1980, also schon in der Agonie-Phase der DDR, plötzlich eine Steuernummer bekam, die es mir ermöglichte, freischaffender Schriftsteller zu werden. Die sogenannten Werktätigen wurden von der Obrigkeit der DDR zwar verbal hofiert, in der Realität aber kurz und klein gehalten, von den Intellektuellen wurden sie aufgrund ihrer Indifferenz zutiefst verachtet, insgeheim jedoch um ihre Unangreifbarkeit beneidet und wahrscheinlich auch um ihre Nähe zu den wahren Realitäten ... es ist absurd, aber man muß in bezug auf die DDR in der Tat von »wahrer Realität« sprechen: auch die Künstler der DDR verfügten freilich über Realität, doch war dies eher eine symbolische Realität. An der Klasse der Arbeiter scheiterten praktisch alle ideologischen Vorstöße, die man sich in den Planungsbüros des Zentralkomitees und der Kulturbehörden ausdachte. Alle Versuche, die »Arbeiterklasse« in das Ideologiesystem der DDR zu integrieren, wurden dort zwar, mangels anderer Möglichkeiten, angenommen, in der Folge aber nie praktiziert. Die Arbeiter sorgten dafür, daß immer weiter fortbestand, was sie irgendwann als Erkenntnis für sich verbucht hatten: Alle Pläne existieren nur auf dem Papier. Worauf sie in Wirklichkeit blickten, war eine völlig weltmarktunfähige Mißwirtschaft, der es nie gelang, sich aus dem Stadium eines Nachkriegsprovisoriums herauszuarbeiten. Die Arbeiter der DDR waren, hier ist der von Richard Nixon erfundene Begriff angebracht, tatsächlich eine Art schweigende Mehrheit, die sich nicht artikulieren *wollte*, da sie den zwischen Realität und offiziellem Sprachgebrauch klaffenden Widerspruch als unaufhebbar hingenommen hatte. Der Bitterfelder Weg war meines Erachtens der letzte Versuch der Parteibürokratie, in das Schweigen der Arbeiter einzudringen; nachdem dieser Versuch erneut nur ein mit Proklamationen bedecktes Papier blieb, begann man das Verstummen der Arbeiter zu tolerieren; selbst die Staatssicherheit fand kaum einen Zugang zu dieser Sphäre, und das Schweigen hielt bis zum Ende der DDR an. Auch jene intellektuellen und halbintellektuellen Kreise, die 1989 lauthals die Meinung vertraten, sie seien das Volk, haben die Arbeiter in berechtigtem Mißtrauen ignoriert.

Es konnte überhaupt nicht die Rede davon sein, daß man einem Arbeiter ernstlich eine Stimme im Literatur- oder Kulturbetrieb der DDR zugestand, gar noch unter der Voraussetzung, ihm Wahrheiten über die Zustände an der »Produktionsfront« zu gestatten. Angenommen, es hätte wirklich irgendwo einen Arbeiter mit der Fähigkeit und auch mit der Absicht gegeben, sich mit eigener Stimme über die realen Verhältnisse an der sogenannten Basis zu äußern, seine Zulassung hätte bedeutet, daß man hier einen Bock zum Gärtner gemacht hätte, denn die DDR-Oberen waren sich natürlich nicht vollkommen im unklaren über die Diskrepanz, die zwischen ihren Verlautbarungen und der Wirklichkeit klaffte. Es gab genug Versuche, hauptsächlich auf dem Theater, Arbeiterfiguren über das Dilemma in der Produktion sprechen zu lassen, aber diese Versuche wurden von Autoren unternommen, die man der sogenannten Intelligenz zurechnen muß – ich nenne nur die bekanntesten Beispiele: Heiner Müller und Volker Braun –, diese Versuche konnten unter anderem damit bekämpft werden, daß man den Autoren Entstellungen eines ihnen zu wenig bekannten Themenbereiches vorwarf.

Man kann es also als eine müßige Frage ansehen, ob ich als Vorzeigefigur des Bitterfelder Wegs hätte fungieren können ... ich sage das deshalb, weil dieses Thema im Zusammenhang mit mir immer wieder aufgebracht wird. Was man dabei nicht beachtet: ich war am 26. April 1959, dem Tag der 1. Bitterfelder Konferenz, noch nicht einmal achtzehn Jahre alt und im Begriff, mein letztes Lehrjahr in einer Werkzeugmaschinenfabrik hinter mich zu bringen. Von der Bitterfelder Initiative erfuhr ich damals wahrscheinlich nur aus der Zeitung, sie kann mich wohl kaum interessiert haben. Ich habe die letzten DDR-Jahre vor dem Bau der Mauer in übler Erinnerung: auf den Leistungslohnarbeitern der Betriebe lastete ein schwerer Normdruck, 1953, nach dem 17. Juni, war das Arbeitssoll vorübergehend gelockert worden, inzwischen wurde die Normschraube Schritt für Schritt wieder angezogen, die Lehrlinge waren, im letzten von drei Lehrjahren, voll in den Produktionsprozeß einbezogen, für 90 Mark Lehrlingsentgelt, der Grund dafür war die Massenabwanderung von Facharbeitern in den Westen. Auch die sozialistische Intelligenz machte sich reihenweise davon, Zahnschmerzen zu kriegen, das kam einer Katastrophe gleich, weil es bei uns im Umkreis von dreißig bis vierzig Kilometern keine Zahnärzte mehr gab. Jeder wußte, so konnte das nicht weitergehen, aber niemand wagte, sich eine konkrete Vorstellung von der Zukunft zu machen. Was uns Lehrlinge, die männlichen, allerdings am meisten bedrückte, waren die massiven Anwerbungen zum Eintritt in die Volksarmee, deren Dienst damals noch freiwillig hieß. Die Methoden zur Erpressung der dafür notwendigen Unterschrift gingen allerdings – glauben Sie nicht, daß ich jetzt übertreibe – bis zur Anwendung von körperlicher Gewalt.

Vielleicht können Sie sich vorstellen, daß jeder Schriftsteller, der unter diesen Bedingungen wirklich Zugang zum Produktionsbereich gesucht hätte, dort als Spitzel, zumindest aber als Aufpasser und Antreiber, betrachtet worden wäre. Die wenigsten nur haben es ernstlich versucht, und alle sind daran gescheitert: mit einer Ausnahme. Dem Schriftsteller Franz Fühmann, der sich anfangs der Bitterfelder Initiative verweigert hatte, ist es gelungen, über lange Jahre, nachdem der Bitterfelder Weg längst schon vergessen war, ausgezeichnete Verbindungen zu den Bergleuten der Kupferschächte in Volkstedt aufrechtzuerhalten. Er hat darüber geschrieben, sein Beispiel zeigt, daß Freundschaften zwischen Arbeitern und Schriftstellern doch möglich waren, unter der Bedingung aber, daß die Staatsideologie draußen blieb.

Bitterfeld war noch aus einem anderen Grund eine undurchführbare Idee: selbstverständlich hätte sich jeder Arbeiter, der nach dem Willen der Kulturplaner wirklich zur Feder gegriffen hätte, augenblicklich der Partei andienen müssen, das heißt, er hätte die Positionen wechseln müssen. Man müßte mich berichtigen, wenn ich etwas Falsches sage: meines Wissens sind gerade die wenigen Arbeiter, die in der

DDR zu Schriftstellern aufsteigen konnten, zu denkbar angepaßten und damit schier belanglosen Autoren geworden.
Das alles konnte mir natürlich zu dieser Zeit noch nicht bewußt sein. Ich muß es eher einen Instinkt nennen, daß ich mich lange davor gehütet habe, vor meinen Arbeitskollegen in den vielen Betrieben, in denen ich beschäftigt war, etwas über meine schriftstellerischen Absichten verlauten zu lassen. Damit hätte ich mich sofort selber aus dem Verband der Beziehungen, der in den Arbeitsbrigaden der DDR-Betriebe notgedrungen herrschte, ausgestoßen. Nun muß ich sagen, daß es mir noch immer rätselhaft ist, auf welche Weise mein Hang zum Schreiben schließlich doch ruchbar geworden ist. Ich kann es mir nur dadurch erklären, daß in einer Kleinstadt von 13 000 Einwohnern auf Dauer nichts verborgen bleiben kann. Es muß daran gelegen haben, daß einige meiner näheren Bekannten und Freunde von meinen Schreibversuchen wußten, die noch aus der Zeit vor meinem Eintritt ins Arbeiterleben datierten, das heißt praktisch aus meiner Grundschulzeit, in der es zu unseren Vergnügungen gehörte, selbstgeschriebene Wildwestgeschichten vorzulesen. Eine weitere Frage wäre, wie bin ich damit fertig geworden, als es dann herauskam, daß ich schrieb. Wahrscheinlich bin ich bis heute nicht damit fertig geworden, sonst würde ich Ihnen das auch nicht erzählen.
Es kann nur so gewesen sein, sage ich mir, daß mir das Schreiben damals in Gefahr geriet. Die Gefahr bestand nicht in erster Linie darin, daß es plötzlich unter das Augenmerk einer relativen Öffentlichkeit geraten war und daß diese Öffentlichkeit – sie mochte noch so begrenzt sein – in einem Land wie der DDR immer auch eine staatliche war. Wenn ich darin eine Gefahr gesehen hätte, wäre mir die Möglichkeit geblieben, schlicht abzustreiten, daß ich zu schreiben ver-

suchte. Die Irritation lag im plötzlichen Verlust dessen, was ich vorsichtig die Naivität dieses Schreibens nennen will. Darüber gäbe es wahrscheinlich viel mehr zu sagen, ich will mich aber mit der Vermutung begnügen: ich habe diesen Verlust offenbar bis heute nicht recht verwunden. Gleich nach meinem ersten Geplänkel mit der literarischen Öffentlichkeit der DDR – das etwa in die Jahre 1965 bis 1967 fiel und mich sofort mit dem komplizierten Problem der Zensur in diesem Land in Konflikt geraten ließ – war ich, glaube ich, fast dankbar, daß ich mich noch einmal in den Zustand der Geheimhaltung zurückfallen lassen konnte, der dann ungefähr noch zehn Jahre andauerte. Es war ein Zustand, in dem ich mich in dem irrigen Gefühl aufhielt, andauernd geistig unterfordert zu sein, auf subversive Weise schlummerte meine sogenannte wahre Substanz im Verborgenen, es lag etwas Hinterhältiges in der Art, wie ich ihr vermeintliches Anwachsen beobachtete und hütete: als ich später meinen Eintritt in die Öffentlichkeit nicht mehr verhindern konnte und nicht mehr wollte, zerplatzte diese »wahre Substanz« wie eine Luftblase . . . und ich sah mich auf einmal gezwungen, mit hohler Gebärde zu verkünden, ich sei eigentlich ein Schriftsteller.

Ich hatte in der Zeit, von der ich spreche – im letzten Jahrzehnt vor meiner ersten Buchpublikation –, nur Kontakt zu einigen Autoren, die ebenfalls nicht veröffentlichen konnten. Diese lebten in Leipzig, Dresden oder Berlin, und sie litten darunter, daß man ihnen die Öffentlichkeit verweigerte. Ihre Leiden erschienen mir schrecklich – ich schließe nicht aus, daß sie mich ganz ähnlich gesehen haben –, ich hatte, wenn ich den Anblick ihrer Leiden nicht mehr aushielt, immer noch die Möglichkeit, mich wieder in die Kleinstadt zurückzuziehen: ich mußte es sowieso, denn am Montag wurde ich wieder im Betrieb erwartet.

Auf meiner Arbeitsstelle war es also inzwischen bekanntgeworden, daß ich schrieb ... die Folge davon war, daß man mich ein paarmal zu kurzzeitigen schriftstellerischen Weiterbildungslehrgängen verschickte, was darauf zurückzuführen war, daß man in der Industrie immer auch ein begrenztes kulturelles Plansoll zu erfüllen hatte: die sogenannte herrschende Klasse der DDR, Arbeiter und Bauern, war per Dekret dazu verurteilt, am Aufbau einer sozialistischen Kultur mitzuwirken, was für sie praktisch eine unerfüllbare Aufgabe war und damit einer der Dauerkonflikte, der zwischen Theorie und Praxis bestand und dessen Lösung niemals ernsthaft angegangen wurde. Als ich von diesen Lehrgängen relegiert wurde, übrigens wegen ideologischer Auseinandersetzungen, und in den Betrieb zurückkehrte, rührte niemand mehr an das Thema, wofür meiner Ansicht nach mehrere Gründe ausschlaggebend waren: die Vorgesetzten fürchteten mit Recht, daß meine sogenannte kulturelle Tätigkeit Arbeitszeit kosten werde, da, wie allgemein bekannt, Mangel an Arbeitskräften immer ein Handicap für die DDR-Wirtschaft war. Für meine Kollegen war zu erkennen, daß ich weiterhin zu ihnen gehören würde. Und für beide Gruppen war der Beweis erbracht, daß es unsinnig war, kulturelle Anforderungen an die Betriebe zu stellen: die Pläne existierten nur auf dem Papier.

Mir war es, wie gesagt, recht, daß ich noch einmal in die Anonymität abtauchen konnte. Die Neugier meiner Kollegen wehrte ich ab, sie spürten meinen Unwillen, mich über mein Schreiben auszusprechen: wahrscheinlich war ich in ihren Augen ein Sonderling oder ein Spinner, doch daran war nichts zu kritisieren, solange das nicht auf ihre Kosten ging. Aber es war unter Arbeitern der DDR auch selbstverständlich, daß man während der Arbeitszeit mit eigenen Problemen beschäftigt war – schon die kritische Versorgungssituation machte solches Verhalten notwendig –, man tolerierte und deckte Privatgeschichten: dabei war es gleichgültig, ob sich jemand wegen eines Aquariums oder wegen Lyrik vom Arbeitsplatz entfernte.

Ich könnte nicht sagen, ob ich mir damals klarmachte, welchen Bruch ich hätte vollziehen müssen, wäre es mir möglich gewesen, in der DDR etwas zu veröffentlichen: geheuer jedenfalls war mir der Gedanke nie. Es kam nicht dazu, diese Möglichkeit verbaute sich mir immer mehr; und als ich endlich in der DDR ein Buch herausbrachte, nannte ich mich schon freischaffender Schriftsteller. Ich kann das Wesen dieses Bruchs nur andeuten: ich glaube, die Arbeiter stellten für mich eine Gemeinschaft dar, die in ihrer Verschwiegenheit subversiv wirkte. Ihre kritische Haltung den Vorstellungen des Staats gegenüber war radikal, wenn sich diese auch nicht vernehmlich äußerte. Sie konnte sich nicht vernehmlich äußern, da Mißtrauen und Ablehnung gegen jede Stimme, die hörbar werden konnte – die Stimmen der Intelligenz einbegriffen – unüberwindlich waren. Wenn eine Stimme die Möglichkeit hatte, sich zu artikulieren, ganz gleich in welcher Form, so war dies für Arbeiter geradezu das Zeichen, daß Mißtrauen angebracht war. Es war die Haltung einer mundtoten Klasse, die in ihrem Schweigen auch ihre Unangreifbarkeit erkannte. Die Kraft zu solcher Haltung erschien unter Arbeitern der DDR noch ungebrochen: die Schwächung durch den Verdacht, überflüssig werden zu können – durch technologischen Fortschritt zum Beispiel –, hatte in der DDR-Arbeiterschaft noch keine Grundlage: insofern war sie noch mit marxistischen Erklärungen zu definieren. Der pragmatische Stoizismus, die unsentimentale Haltung, die Unbestechlichkeit der Arbeiter übten eine starke Verführungskraft auf mich aus . . . es wäre mir wahrscheinlich leichter gefallen, sie zu verlassen, wenn ich in einer größeren Stadt gelebt hätte. Es kommt mir heute fast so vor, als sei meine Bindung an sie eher libidinös als materiell geartet gewesen.

Das erklärt mein Schwanken, mein Taktieren, kurz gesagt, mein Doppelleben: ich war Arbeiter *und* Schriftsteller, nicht aber ein Arbeiterschriftsteller: wenn ich in der DDR ein Buch veröffentlicht hätte, wäre ich mit einem Schlag weder Arbeiter noch Schriftsteller gewesen . . . so jedenfalls stellte es sich mir dar.

Aus dieser Lage, so schien mir, gab es nur einen einzigen Ausweg: wenn ich ein Buch haben wollte, gleichzeitig aber mein Auskommen mit meinen Kollegen auf meiner Arbeitsstelle nicht verlieren wollte, das heißt, wenn ich mir nicht den Verdacht zuziehen wollte, dem Staat nach dem Maul zu reden, so mußte ich dieses Buch dort veröffentlichen, wo der Feind dieses Staats waltete, nämlich in einem westdeutschen Verlag. Wahrscheinlich glaubte ich lange Zeit selbst nicht daran, daß sich so rein logische Überlegungen in die Tat umsetzen lassen würden, doch dann wollten es die Umstände, daß es genau so kam. Nach der sogenannten Biermann-Affäre war das Interesse an Literatur, die aus der DDR kam, auf dem westdeutschen Buchmarkt kräftig angewachsen, und ich konnte mein erstes Buch in Frankfurt am Main herausbringen.

Das Merkwürdige an meinem Fall ist, daß mir aus den oben skizzierten Gründen stets nur wenig, oder vielmehr fast nichts daran gelegen war, in der DDR zu veröffentlichen, und daß ich mich deshalb eigentlich nie angesprochen gefühlt habe von gewissen Mitleidsattacken des westdeutschen Feuilletons, das in kaum einer Besprechung zu erwähnen vergaß, daß die Publikation meiner Texte im Land ihrer

Entstehung von der Zensur verhindert worden sei. Es ist wahr, die Zensur hatte das ihre getan, ein Teil meiner Texte wäre wahrscheinlich in der DDR nie herausgekommen, andererseits steht aber auch fest, daß ich dort gar nicht veröffentlichen wollte. Daraus ergab sich allerdings eine Zwangslage: nur die Vorspiegelung der Tatsache, ein in der DDR von der Zensurbehörde behinderter Autor zu sein, bot letzten Endes die Garantie dafür, daß man irgendwann in der Bundesrepublik eine Veröffentlichungschance bekam. Unter solchen Voraussetzungen sah ich mich also ab einem bestimmten Moment veranlaßt, so zu tun, als habe ich sehr wohl die Absicht, in der DDR ein Buch zu machen, könne es aber nicht, da mir die geballte Verlagspolitik der DDR entgegenstehe. Daran ist vielleicht zu erkennen, welche Schiefheiten das Wechselverhältnis hervorbrachte, in dem der westdeutsche und der ostdeutsche Buchmarkt sich aufhielten. Will man hart urteilen, so muß man sagen, es habe auf dem westdeutschen Buchmarkt eine Art zweite Zensur gegeben, deren Kriterium die Frage war, inwieweit man sich der DDR-Zensur angepaßt oder nicht angepaßt habe. Auch diese zweite Zensur – ich gebe zu, es ist ein grober Ausdruck – war letztlich ideologisch und kümmerte sich erst in zweiter Linie um die Qualität der Texte.
Aus den hier angedeuteten Gründen habe ich mich während dieser Jahre tatsächlich immer dann, wenn ich durch zufällig sich ergebende Umstände oder – in der Mehrzahl der Fälle – von meiner eigenen Eitelkeit genötigt wurde, irgendwelchen Publikationsorganen der DDR Texte von mir zur Veröffentlichung anzubieten, zu einer Art Falschheit gezwungen: ich habe immer wieder Arbeiten eingeschickt, die ich selbst als wenig gelungen erkennen konnte, oder aber es waren Texte, die aufgrund ihrer Aggressivität von vornherein keine

Chance in den Augen eines DDR-Lektors haben konnten. Man sieht also, daß ich von Anfang an versucht habe zu taktieren, ohne daß ich jemals von einer Substanz überzeugt gewesen wäre, um derentwillen sich solche Manöver lohnten. Letzten Endes bin ich in meinen Berechnungen doch getäuscht worden: als es mir schließlich gelungen war, mein erstes Buch in der Bundesrepublik zu veröffentlichen, mußte ich erkennen, daß ich an einen Verlag, insbesondere aber an einen Lektor, geraten war, wo meine Texte weniger aus ideologischen, sondern aus Gründen angenommen worden waren, die man literarisch-qualitative Maßstäbe nennen kann.

Es ist mir bewußt, daß ich mit meinen Äußerungen diejenigen vor den Kopf stoßen muß, die sich mit großem Nachdruck, und endlich auch mit Erfolg, in der DDR für mich eingesetzt haben; die Reihe dieser Personen war fast identisch mit der ersten Reihe der DDR-Schriftsteller, und ich brauche die Namen nicht eigens zu wiederholen. Franz Fühmann war es, der sich wahrscheinlich als einziger Vorstellungen davon gemacht hat, zu welchen Konflikten es für einen Schriftsteller kommen konnte, der neben seiner Schreibarbeit noch in der Industrie beschäftigt war. Er hat mir schon bald dringend angeraten, dieses Arbeitsverhältnis aufzugeben.

Warum erzähle ich Ihnen das alles? Offenbar, um der Legende zu begegnen, daß ein Schriftsteller auf Dauer ohne ein Publikum existieren kann. Der Gedanke, die Sprache verwenden zu sollen, gleichzeitig aber auf den Empfänger dieser Sprache zu verzichten, stellt eine logische Deformierung dar. Gewiß gibt es großartige Autoren, die sehr lange ohne Publikum geschrieben haben, manche sogar bis an ihr Lebensende, doch man merkt ihrem Werk diese Verletzung an. Lange Zeit habe ich mir selbst dergleichen falschen Heroismus eingeredet. Heute weiß ich, daß ich in diesen Jahren nur auf die Gelegenheit gewartet habe, mit meinen Texten an die Öffentlichkeit treten zu können, daß ich jeden angepaßten Schreiber um den entlegensten Abdruck noch so belangloser Ergüsse beneidet habe, mir dies aber niemals eingestand. Tagtäglich sagte ich mir den Spruch vor, es ginge mir lediglich darum, meine Texte aufs Papier zu bringen. Heute glaube ich, daß diese Zeit für mich ein Verlust war, gelegentlich, wenn ich in die Lage gebracht werde, auf meine Verluste zu pochen – wie das einem Schriftsteller hin und wieder geschieht –, neige ich zu der Behauptung, daß mir in diesen Jahren etwas nicht Aufzuholendes entgangen ist. Von Schriftstellern erwartet man, wie verbrämt auch immer, das sogenannte Anrührende – natürlich nur theoretisch –, weshalb es obligatorisch ist, daß sie auf ihre Verluste öffentlich hinweisen; inzwischen kennen wir fast alle Nuancen von Verlusten, denen Schriftsteller ausgesetzt sein können. Eine ältere Ansicht besagt, daß gerade Schriftsteller die Möglichkeit hätten, ihre Verluste produktiv werden zu lassen, sie auszufüllen mit Dichtung, was etwa hieße, eine gewisse Verantwortung für diese Verluste zu übernehmen.

Ich will Ihnen eine Episode erzählen: Sie hat etwas Entlarvendes, sie zeigt, was etwa in einer Situation wie der soeben angedeuteten entstehen kann, und sie stellt auch eine der Keimzellen dar, die, unter anderem, auslösend gewesen ist für den Roman *»Ich«*, den ich vor einiger Zeit veröffentlicht habe. Am Morgen des 9. Mai 1978 wurde ich, gerade wollte ich nach dem Ende einer Nachtschicht zu Bett gehen, unter einem Vorwand verhaftet und für einige Wochen in die Untersuchungshaftanstalt Leipzig eingeliefert. Zur Aufklärung des Verdachts, der den Grund meiner Festnahme abgegeben hatte, wurde ich im Verlauf meiner Haft so gut wie nie verhört, sehr schnell war mir klar, daß meine Vernehmer Angehörige der Staatssicherheit waren, denen es um die Umstände ging, unter welchen der Kontakt zu meinem Verlag in Frankfurt am Main für mich zustande gekommen war; ich bereitete damals gerade – unter Inanspruchnahme des Postwegs – die Veröffentlichung meines ersten Buchs, eines Lyrikbändchens, vor. Schließlich redeten meine Vernehmer Klartext, und aus dem Ganzen wurde ein Anwerbungsversuch, wie er primitiver nicht hätte ablaufen können. Man sagte mir, was ich vorhabe, unter Umgehung aller Vorschriften und gesetzlichen Genehmigungsverfahren, sei kriminell und subversiv, die Höchststrafe dafür, wenn man alle Aspekte einrechne – unter anderem Informationen über die DDR, die ich westdeutschen Medien weitergegeben hätte, sowie Passagen von Staatsverleumdung, die man in meinen Texten auffinden könne –, betrage fünf Jahre Gefängnis. Doch man könne natürlich über Sachverhalte hinwegsehen, mehr noch, ich könne, was ich einmal angefangen hätte, nach meiner Haftentlassung ohne alle Behinderung fortsetzen, brauche mich praktisch um Genehmigungen nicht zu kümmern, genau dies sei sogar der richtige Weg. Das alles schließe nur eine Bedingung ein: ich müsse eine bestimmte Person, die mir noch genannt werde, ganz genau über alle Abläufe informieren. Ich sei also in meinen Handlungen völlig frei, nur müßten diese praktisch stets unter Aufsicht der Staatssicherheit stattfinden. Für den Fall meiner Zusage stellte man mir die sofortige Zulassung als freischaffender Autor in Aussicht, und zwar mit gutem finanziellen Einkommen und allen Vorteilen eines DDR-Künstlers, wie Genehmigung von Westreisen, bessere Wohnbedingungen, alle Publikationsmöglichkeiten in der DDR stünden mir offen. Wahrscheinlich hatte ich den Herren, sie waren zu zweit, mit ziemlich serviler Miene zugehört, innerlich war ich von Angst beherrscht, ich weiß nicht mehr, was ich gestammelt habe, aber sie machten plötzlich einen Fehler, und der brachte mich in Wut. Ein solches Angebot nicht anzunehmen, das könne doch nur ziemlich weltfremd sein, sagten sie. – Seit meiner Jugend hatte ich mit allen Fasern, und bis zur vollkommenen Aussichtslosigkeit, in den Produktionsabläufen der DDR-Industrie gesteckt, zu dieser Zeit war ich Heizer in einer Maschinenfabrik, für einen verdammt mickrigen Lohn schaufelte ich tagtäglich ein bis zwei Tonnen Kohle in einer Heizungsanlage, die aus dem 19. Jahrhundert stammte, und ich sollte »weltfremd« sein. Ich fragte, was passieren würde, wenn ich meinen Kontakt zu dem Verlag in Frankfurt am Main abbräche. Das könne ich natürlich tun, sagten sie, doch wir versprechen Ihnen in die Hand, daß Sie dann niemals, weder in der DDR noch drüben, in ihrem Leben eine Zeile veröffentlichen können. Gut, sagte ich, dann werde ich eben keine Zeile veröffentlichen, aber auf Ihre Vorschläge kann ich nicht eingehen, lassen Sie mich in meine Zelle zurückführen.

Natürlich hatte die Sache noch ein Nachspiel, die Anwerbungsversuche der Stasi ließen auch nach meiner Haftentlassung nicht so schnell nach, doch damit konnte ich leben. Etwas anderes an der Geschichte hat mich allerdings viel nachhaltiger beleidigt. Als ich, voller Freude über die Entlassung und die glimpflich abgelaufene Haftzeit, bei den wenigen Schriftstellerfreunden auftauchte, die ich damals hatte, in der naiven Absicht, die unverhofft wiedergewonnene Freiheit mit ihnen zu feiern, traf ich dort auf eine Wand von Reserviertheit und auf scheele Blicke. Ich begriff, ich war ihnen zu zeitig entlassen worden, das schien ihnen einen schon länger gehegten Verdacht zu bestätigen. Tatsächlich hatten sie inzwischen die Vermutung in die Westpresse lanciert, ich sei im Knast wahrscheinlich »umgedreht« worden, im Klartext, ich habe mich von der Stasi als Informant verpflichten lassen. Es dauerte eine Weile, bis ich begriff, daß ich nicht nur von dieser Behörde, sondern auch von der Literaturszene beaufsichtigt worden war, und noch ein wenig länger dauerte es, bis ich einsah, daß die »Erkenntnisse« meiner Freunde ebenfalls nur von der Stasi kommen konnten. Sie waren also geblufft worden ... sie hatten sich bluffen lassen, und sogar mehr oder weniger bereitwillig. In ihrem Sendungsbewußtsein und in der Absicht, sich selbst als möglichst integer hinzustellen – was für die westlichen Medien hieß: möglichst von allen Seiten bedroht – und was einigermaßen einträglich gewesen sein muß, hatten sie der Stasi aufs Wort geglaubt – und mich hatten sie gar nicht erst gefragt – und waren freiwillig und bewußtlos dienstgeil, und ohne Unterschrift, zu genau den Mitarbeitern an den Zersetzungsmaßnahmen der Stasi geworden, wie sie in der sogenannten Szene installiert werden sollten. Denn man darf doch nicht annehmen, daß die Stasi wirklich an den traurigen »Realitäten« interessiert war, die einige in der Tat mit Auftrag arbeitende IM in ihren Berichten kolportierten: was einer während eines Szenetreffens beschimpft oder gelobt habe, ob einer dort Zigaretten schnorrte oder selber welche kaufen konnte. Worum es ging, war die Zersetzung der Szene durch Mißtrauen, Selbstbeschnüffelung und Denunziation: auf diesem Gebiet hatte die Stasi die eifrigsten Mitarbeiter, und deren Zahl war weitaus größer als die der eingetragenen Informanten. Die Spitzeldienste dieser Mitarbeiter wurden durch dauerndes Vorkommen in der westlichen Presse vergolten ... dies entsprang natürlich auch einem Schutzbedürfnis, die Stasi machte es sich zunutze, und auf diesem Gebiet herrschte wirklich ein gewaltiger Konkurrenzkampf: wer leistet den Widerstand, der sich am besten ausschlachten läßt.

Schön und gut, an einer Stelle meiner Vorträge war ich, von Nietzsches *Der Fall Wagner* ausgehend, auf den Gedanken gekommen, daß sich der moderne Künstler, also der Künstler des 20. Jahrhunderts, um sein Publikum selbst kümmern muß. Er muß es sich erarbeiten, besonders in der fortgeschrittenen Hälfte dieses Jahrhunderts, in der alle Glaubensvorstellungen der Leute unter den Hammer der Kritik gefallen sind. Das geht freilich nicht ohne Trivialisierungen ab. Die surrealen Hin- und Rückspiele, die sich die DDR-Szene mit ihrer Aufsichtsbehörde geliefert hat, hatten das zuständige Umfeld in diesem kleinen Land zu einem außerordentlich modernen werden lassen. Das Interesse des Publikums an der geheimnisvollen Machtausübung, die durch die Bewußtseinsindustrie dieser Welt stattfindet, ist von unsereins prächtig bedient worden, das Publikum empfand den Nervenkitzel vorübergehend um so angenehmer, als es von seinen muffigen Begleiterscheinungen durch eine Mauer getrennt war, die wie ein Orchestergraben wirkte. Eine bühnenreife, doch, zugegeben, schnell ermüdende Vorstellung.

Das eigentlich Blamable für mich an der ganzen Episode ist, daß meine Freunde von der Wahrheit gar nicht so weit entfernt waren, freilich von einer in mir verborgenen Wahrheit, die nie zum Vorschein kam. Nicht jedenfalls bevor ich den Roman *»Ich«* zu schreiben begann, dessen Keimzelle sie war, was ich schon erwähnt habe. Erst später wurde mir klar, daß ich keineswegs der einzige war, den die Staatssicherheit anzuheuern versuchte; irgendwann geschah dies den meisten Autoren, ob sie nun offizielle Schriftsteller oder mehr inoffizielle waren. Als es mir passierte, fragte ich mich besorgt, was habe ich an mir, daß sie ausgerechnet mich wollen, ich selber war mir immer denkbar ungeeignet für ihre Zwecke vorgekommen. Aber sie schienen da anderer Meinung zu sein, woraus ich schloß, es müsse an meiner Situation liegen. Meine Aussichten, irgendwann ein Leben als Schriftsteller führen zu können, waren mir immer vollkommen realitätsfern erschienen, und dies war ein Zustand, den ich in schwachen Stunden nur schwer ertrug. Hatte ich mir deshalb nicht tatsächlich schon gesagt, wenn die Einordnung in irgendeine Institution es mir ermöglichen kann, an der Literatur teilzunehmen, so werde ich dort Mitglied werden. Notfalls hätte ich in einer Kantine die Tische abgeräumt, wenn in dieser Kantine Schriftsteller verkehrt hätten. Von da aus war es nur noch ein winziger Schritt bis zu dem Gedanken: Wenn ich nur als Spitzel zum Literaturbetrieb Zugang finden kann, dann werde ich ein Spitzel. War ich in meiner Frustration nicht selber schon auf die Idee gekommen, die mir die Stasi jetzt nahelegte, und hatte ich mich nicht in dem Aberglauben gewiegt, meine Texte könne ich trotzdem schreiben, und sogar unter leichteren Bedingungen? Hätte ich einen solchen Gedanken laut geäußert, ich wäre sofort als Verräter bezeichnet worden, und dies natürlich mit Recht. Aber ist ein solcher Gedanke grundsätzlich verschieden von einem anderen, der in der sogenannten Szene sehr viel verbreiteter gewesen ist: einmal mit zusammengebissenen Zähnen ein angepaßtes Buch zu fabrizieren, um seinen Namen im Betrieb bekannt zu machen, und dann, nachdem man sich solcherart durchgesetzt hat, die wahren Sätze schreiben zu können. Man kann darüber streiten, welche Idee widerwärtiger ist, die meine, die nur ein Gedankenexperiment war, oder die andere, die wahrscheinlich ebensowenig realisiert wurde oder fast immer mißlungen ist.

Bei allen Abschweifungen ist hoffentlich noch zu erkennen, wovon ich eigentlich rede: mich beschäftigt der schwindende Einfluß der Literatur. Und es gibt natürlich einen persönlichen Grund für dieses Nachdenken. Wer, wie ich, in einem Kesselhaus gesessen hat, in denkbar größter Entfernung zur sogenannten Literaturgesellschaft – und wer, wenn er in die Bücher der werktätigen Intelligenz blickte, sein Umfeld und sich nicht einmal mehr als Sujet auffinden konnte: dafür aber jene Konklusionen, die von einer Widerspiegelung der Wirklichkeit sprachen – und dort etwas zu schreiben versuchte, der muß sich dutzendmal in jeder Nachtschicht gefragt haben: Was soll das eigentlich noch? – Es war eine Frage, die man sich in der Literaturgesellschaft nicht stellte, und später konnte ich bemerken, daß es in ihrem westlichen Pendant, etwas realistischer »Literaturbetrieb« genannt, ebensowenig der Fall war. Dort wie hier schien es vielmehr jede Menge kleiner Sonnenkönige zu geben, die der Meinung waren: Die Literatur, das bin ich. Und vielleicht mußte man eine Weile abseits von diesen gegenseitig sich bedingenden Perversionen gelebt haben, um noch einmal nach der Begründung für das Schreiben fragen zu können. Es ist eine Frage nach seinem Sinn oder, um es noch deutlicher zu sagen, die Frage: Was hat Literatur noch für einen Sinn, jetzt, am Ende des 20. Jahrhunderts?

Man könne eine solche Frage vielleicht nur praktisch beantworten, hatte ich mir gedacht. Auch aus solchen Gründen hatte ich das Buch mit dem Titel *»Ich«* zu schreiben; es gibt in den meisten Fällen mehrere Gründe für ein Buch, und ich bezweifle, daß sie dem Autor immer ganz und gar bewußt sind. Es war also ein diffuses Gefühl, damit aber kann ich nicht allzuweit entfernt gewesen sein von der aktuellen Allgemeinstimmung der Literatur – nein, mit dieser Diffusion

lag ich genau im Trend. Als das Buch dann herauskam, wurde es von den meisten Kritikern sofort und, wie ich meine, mit einer gewissen Dankbarkeit als Stasi-Roman bezeichnet. Mit Dankbarkeit deshalb, weil aufgrund des Stasi-Themas, das im Text eine freilich dominierende Rolle spielt, die Möglichkeit gegeben war, über die Stasi zu sprechen, nicht aber darüber, was die für die Literatur zuständigen Leute betroffen hätte und was in dem Buch ebenfalls thematisiert ist: die Stasi hatte ihnen die Gelegenheit gegeben, kaum ein Wort zu verlieren über den Verlust an Einfluß, der der Literatur widerfahren ist. Dieser Verlust an Einfluß nämlich ist es, der der Literatur die Flanken geöffnet hat für die Verlockungen, die von der Macht ausgehen. Wenn wir die Sache so sehen, sind die Verstrickungen einiger Schriftsteller in Stasi-Angelegenheiten vielleicht das geringste Problem, und sie sind nur ein Symptom. Das Hauptproblem scheint darin zu liegen, daß die Literatur seit einiger Zeit in dem Glauben verharrt, ihre Möglichkeiten, sich Gehör zu verschaffen, hätten sich erschöpft. Dieser Verdacht versetzt sie in Panik, Literatur und Kritik aber sprechen sich nicht darüber aus, daß sie in Panik geraten sind: unter diesem Gesetz des Schweigens fungiert ihre einzige Verbindlichkeit. Und sie schneiden sich damit immer mehr von ihren Lesern ab, denn diese spüren vielleicht ebenfalls etwas von dieser Panik.
Panik aber ist ein schlechter Ratgeber, sie läßt uns offenbar gerade das vergessen, was der Literatur in letzter Instanz doch immer wieder ein paar Zuhörer, sprich Leser, verschafft hat: ihre Basis, auf der sie nicht korrumpierbar gewesen ist. Ich will mich so bescheiden wie möglich ausdrücken: die einzige Rettung, die uns bleibt, heißt Verantwortung zu übernehmen. Das Kabelfernsehen, der Bundestag und ähnliche Liveshows können uns diese nicht abnehmen. Dies sei

eine Phrase, wird man mir natürlich entgegenhalten. Und ich werde erwidern, es sei eine der Verantwortungslosigkeiten der Leute, die es besser wissen müßten, der Literaten also, daß sie immer mehr Wahrheiten zur Phrase erklären und damit den Phrasendreschern überlassen.

Mai 1995

4. Vorlesung

In einer 1976 in München gehaltenen Rede hat Elias Canetti von der Übernahme einer fiktiven Verantwortung durch den Schriftsteller gesprochen: »Was der Mensch sich selbst auferlegt, wird von allen, auch von den Beschränktesten, ernster genommen, als was ihm durch Zwang geschieht.« Ich habe versucht, mir über das Attribut »fiktiv« im Zusammenhang mit dem Begriff »Verantwortung« Klarheit zu verschaffen. Dabei wird von Canetti schon einen Satz später erhellt, wie es zu verstehen wäre. Aber Literaten treiben ständig Mißbrauch mit dem Wort »Fiktion«; will man sie nach einer konkreten Gelegenheit befragen, erwidern sie allzuoft, ihr Text sei nur eine Fiktion. Es scheint tatsächlich, als ob Schriftsteller ihre Phantasie, ihr Handwerkszeug und ihr Material also, nicht ganz ernst nähmen. Wahrscheinlich waren es solche Gründe, die mir das Wort in Canettis Ausführungen im ersten Augenblick verdächtig erscheinen ließen. Der folgende Satz heißt bei ihm aber: »Es gibt keine größere Nähe zu den Ereignissen, keine tiefer eingreifende Beziehung zu ihnen, als sich für sie schuldig zu fühlen.«

Heißt das, der Schriftsteller habe quasi eine fiktive Schuld auf sich zu nehmen? Wenn wir diesen Gedanken nicht sofort verwerfen – und man muß zugeben, daß dazu eine sehr verbreitete Neigung besteht –, erkennen wir, daß solches Verhalten nicht nur ein Trick ist, sondern vielleicht genau der

Punkt, oder gar die Fessel, woran das Interesse des Lesers entsteht, der sich auf die Fiktion einläßt. Dennoch stößt man mit solchen Sätzen, wenn sie theoretisch dahergesagt werden, auf wenig Gegenliebe. Wir hatten es in Deutschland zum Beispiel mit einem Wortmonstrum zu tun, das »Kollektivschuld« hieß. Das Wort klang den Deutschen irrational, und es klang sogar nach Sippenhaftung, obwohl doch nicht zu leugnen war, daß die während des Zweiten Weltkrieges auf deutschen Befehl begangenen Völkermordverbrechen nur auf der Basis einer gemeinschaftlichen Verantwortungslosigkeit der überwiegenden Masse der Deutschen hatten geschehen können. Nach dem Krieg wollte man in diesem aufgeklärten und höchst wissensdurstigen Volk, das sich so gern als ein Volk der Dichter und Denker apostrophieren ließ, von nichts etwas gewußt haben. Wie war es dennoch möglich, daß die Deutschen dazulernten und wieder – ob sie wollten oder nicht – zu wissen begannen? Durch eine große Literatur, sage ich, unter anderem, und diese Einschränkung muß genügen. Durch eine wirkungsvolle Literatur ist das Bewußtsein der Deutschen in der Nachkriegszeit entscheidender geprägt worden, als man wahrhaben will. Diese Literatur ist daran groß geworden, daß sie das Bewußtsein der Deutschen gegen deren Willen verändert hat, und sie hat es – ich beschränke mich auf den für mich bedeutenderen Teil der deutschen Nachkriegsliteratur, auf die westdeutsche – gänzlich ohne Unterstützung der Mächtigen ihres Landes getan, die bis heute das meiste daran sich zugute halten, wenn sie vor aller Welt immer wieder auf das gewandelte Bewußtsein der Deutschen verweisen. Es darf nicht verkannt werden, daß es die deutsche Nachkriegsliteratur im Vergleich zu den Literaturen anderer europäischer Sprachen sehr viel schwerer hatte, zu sich selbst zu finden: es fehlte ihr der Anschluß an

eine literarische Tradition, die 1945 abgerissen war. Sie mußte ihre Ausdrucksmittel in einer offensichtlich nicht mehr funktionierenden Sprache finden, denn diese war während der Naziherrschaft zu einer Unsprache geworden. Und, was die Hauptsache ist, die deutsche Literatur hatte keinen Rückhalt in einer Nation, denn diese war in ein Übermaß von Schuld verstrickt; Verdrängung war das Hauptanliegen der Deutschen, was offiziell Bewältigung hieß, und für diesen Prozeß bot sich das Wirtschaftswunder an.
Wenn man diesen Komplex von Schwierigkeiten in Betracht zieht, muß man erkennen, daß die deutsche Nachkriegsliteratur durchweg – von wenigen Einzelwerken abgesehen, die sich auch gegen die allgemeine Mißgunst schnell durchsetzten – unterschätzt worden ist, und die deutsche Kritik hat dazu regelmäßig ihren Beitrag geleistet. Inzwischen ist die Kritik einsichtiger geworden, sie hat ihre Meinung über die Nachkriegsliteratur – vielleicht könnte man sie präziser die frühe deutsche Literatur der zweiten Hälfte des 20. Jahrhunderts nennen – geändert. Man hat sie zur klassischen Literatur befördert, und Klassiker sind, das kennt man zur Genüge, immer auch ein Züchtigungsinstrument für Schriftsteller, die nach den abgesegneten Vorbildern ihr Glück versucht haben. Solche Verfahren deuten, es hat sich daran seit einigen Fortschritten nicht viel geändert, immer auch auf die Hilflosigkeit der Kritik hin. Weiterhin ist am Beispiel der deutschen Nachkriegsliteratur und ihrer Rezeption zu erkennen, wie fahrlässig die dauernden Vergleiche sind, für die man Maßstäbe anderen europäischen oder gar nicht-europäischen Literaturen entnommen hat. Eine solche Kritik macht es sich allzu leicht, in der Regel sieht sie davon ab, daß Literatur in Deutschland unter ganz anderen Bedingungen entstanden ist als in anderen Ländern. Die deutsche Literatur war zumin-

dest bis zum Ende des kalten Krieges eine geteilte Literatur: sie hat diesen Zustand entweder übergangen oder stark reflektiert; in beiden Fällen war er für sie ein Problem, das sie bis heute nicht überwunden hat.

Wenn man das Verhältnis der Kritik zur heutigen deutschen Literatur betrachtet, so kommt man weder zu einem einhelligen noch zu einem günstigen Urteil. Dieses Verhältnis ist unklar und eher feindselig; beiden Kontrahenten ist dabei deutlich anzumerken, daß sie sich in einer Umbruchsituation befinden, aber man hat den Eindruck, daß dies nicht allein der veränderten politischen Lage zuzuschreiben ist. Es finden sich jedoch nicht nur Stimmen aus den Reihen der Kritik, die die deutsche Literatur der letzten Jahre mit Skepsis betrachten, und vielleicht ist auf diese Stimmen mehr Verlaß. Was weiterhin auffällt: der Literatur wird entweder eine Fehlentwicklung oder das Fehlen einer Entwicklung bescheinigt, doch es gibt erstaunlich wenig Versuche, nach den Ursachen dafür zu forschen. Die Situation gleicht dabei dem zähen Abtausch gegenseitiger Beleidigungen, kindisch genug, daß niemand mehr wissen will, wie das Ganze überhaupt angefangen hat: die Kritik zeiht die Literatur der Bedeutungslosigkeit, woraufhin die Literaten die Kritiker der Unfähigkeit zeihen; das alles geschieht in ermüdend gleichbleibendem Vokabular, mit Vorliebe nennen sich die Parteien im Wechsel »unsäglich«, was sie offenbar für eine Gipfelleistung der Bosheit halten... tatsächlich, beide wissen sie sich nicht mehr zu helfen, beide wissen nicht mehr auszudrücken, was ihnen geschieht. Oder wollen sie es vielleicht nicht ausdrükken? Es kann nur eine Frage der Zeit sein, bis solch unreflektiertes Quengeln seinen Show-Wert einbüßt und ins Gegenteil umkippt. Längst gibt es Anzeichen dafür, daß die Kritik, gemeinsam mit der Literatur, die Laune gewechselt hat. Inzwischen ist Euphorie angesagt; immer mehr Bücher werden auf einen Rang hinaufgelobt, der ihnen nicht zukommt, und auch hier müssen wieder die Klassiker herhalten: von wie vielen Büchern haben wir inzwischen schon gehört, die Kafka und Musil hinter sich gelassen haben. Es ist ganz klar, was hier geschieht: die Kritik ist mit den Verkaufsabteilungen der Verlage irgendein Gentleman's Agreement eingegangen; ich weiß nicht, wie so etwas zustande kommt, offenbar vollkommen unabgesprochen, es ist also noch nicht einmal ehrlich ausgehandelte Korruption im Spiel. Es kann nur so sein, denn die Bücher flitzen so widerstandslos und glatt wie ein feuchtes Stück Seife über die Bühne des Literaturbetriebs und verschwinden wieder.

Es ist nicht einmal Betrug, sage ich mir, den gab es freilich auch in den Blütezeiten der Moderne. Es ist etwas viel Gemeineres ... Die Nachfolger lösen den Laden langsam auf, so sagte es Jurek Becker hier an dieser Stelle im Jahre 1989 gegen Schluß seiner zweiten Vorlesung. Seitdem, ich wiederhole mich, sind wir wieder ein gutes Stück vorangekommen. Auf die Gefahr hin, Ihre Geduld zu strapazieren, will ich erneut einen Vergleich aus der Politik heranholen; ich gehöre zu den Schriftstellern, die das Wort »unsäglich« nur ungern benutzen, es verbirgt sich dahinter eine Neigung zum Kompromiß. Ich will es kurz machen: vielleicht haben auch Sie noch einen Begriff im Ohr, der nach der Wende, nach dem Zusammenbruch des DDR-Systems also, in aller Munde war und dazu dienen sollte, unter anderem Wirtschaft und Infrastruktur der DDR zu charakterisieren. Der Begriff war nicht ganz unschuldig, er stammt aus der Soldatensprache, sein Gebrauch hatte im Dreißigjährigen Krieg Konjunktur. Ich meine den Begriff »marode«; nach der Wende tauchte er aus dem Schatten der Jahrhunderte auf und erfuhr einen unheimlichen Aufschwung, man konnte ihn in fast jeder Rede hören, gleich welchen Ursprungs, Schwarz, Rot oder gar Grün, er wanderte durch alle Zeitungsspalten von BILD bis ZEIT, kurz, er war ein bestimmtes Signal der Wende. Es war der Hornstoß für die Marodeure, der zum Aufbruch in Richtung Osten blies.

Etwas ganz Ähnliches ist mit der Moderne geschehen: irgendwann, in all den Jahren nach dem Zweiten Weltkrieg, wurde ihr Ende verkündet, und dieses Signal setzte die Leichenfledderer in Bewegung. Es sollte vorbei sein mit der Aufklärung, mit der Philosophie, mit dem Roman und der Lyrik, mit der Kritik, dem Engagement und endlich auch mit der Schrift. Wen kann es da noch erstaunen, daß man sich überall an Versatzstücken bedient, wenn diese nur ja nach dem »Polieren des Opaken« klingen. Was Wunder, wenn die Aufklärung von nun an im Red Light District verwaltet wird, wenn die Philosophie bloß noch post-rationales Zeug redet und ihre Dekonstruktions-Artisten im Fernsehen einander auszuschalten suchen, während man ahnt, es geht ihnen doch bloß um Einschaltquoten. Darf man sich da wundern, wenn Verlage ihren Autoren empfehlen, sie sollten vollkommen übersetzbare Bücher produzieren. »Vollkommen übersetzbar«, das heißt auf deutsch, in einem vorgesehenen Buch dürfe kein einziges Tabu irgendeines Landes berührt werden, für dessen Buchmarkt es übersetzt werden soll. Diese Empfehlung, meine Damen und Herren, gibt es tatsächlich. Wenn ich Ihnen das sage, geht es mir gar nicht darum, Tabus zu verletzen, es geht mir um das Licht, das solche Vorschläge auf die Literaturproduktion werfen: der Autor, so heißt das, soll mit seiner wahren Meinung gefälligst hinter dem Berg halten, damit Geld hereinkommt. Und da der Autor natürlich seine zehn Prozent von dem Geld abkriegt, wird er sich die Sache überlegen.

1989 sagte Jurek Becker in seinen Vorlesungen, es fehle den Büchern zunehmend die Dimension Auflehnung. »Kein nennenswerter Widerspruch, nichts von Aufruhr – Ruhe ... Die Bücher starren vor Meinungslosigkeit.« Er sagte es in seiner zweiten Vorlesung, die sich ausdrücklich die bundesdeutsche Literatur zum Gegenstand gewählt hatte. Als ich dieses harte Urteil las, war mir unbehaglich zumute. Ich sagte mir, Becker könne bestimmt nicht alle Bücher der Jahre vor 1989 gelesen haben; in der Regel sind es nur wenige Bücher, auf die es wirklich ankommt, das Hervorstechende aber läßt man außer acht, wenn man eine Tendenz zu beschreiben versucht. Betrachtet man das, was man den zuletzt herrschenden Allgemeinzustand der Literatur nennen könnte – ich bin mir über die Hilflosigkeit einer solchen Formulierung im klaren –, so muß man Becker allerdings zustimmen. Aus einer Basis, gemischt aus Resignation und Selbsttäuschung, treiben noch einige Bücher hervor, die sich dem gängigen Geschmack verweigern, es werden immer weniger, und vielleicht ist unser Blick schon so getrübt, daß wir sie nicht mehr erkennen. Ich habe keine genauere Vorstellung davon, inwieweit ein Teil der ehemaligen ostdeutschen Literatur inzwischen die Bereitschaft zeigt, sich auf diesem Gebiet – auf dem der Widerspruchslosigkeit – eingemeinden zu lassen: Anzeichen dafür sind nicht von der Hand zu weisen. Was dies zu begünstigen scheint, ist der Umstand, daß es – abgesehen von einigen kleinen, um ihr Überleben ringenden Neugründungen – keinen größeren ostdeutschen Verlag mehr gibt, der nicht in westdeutscher Hand wäre: der Buchmarkt spricht seine eigene Sprache, die D-Mark, nach der wir jahrelang gegiert haben, fährt uns jetzt über das Maul. Flankiert wird dies von der Häme eines immer größer werdenden Teils der Kritik: Einige ostdeutsche Autoren schrieben noch immer über die alte DDR ... dergleichen gilt inzwischen als Disqualifikation. Ein Teil der ostdeutschen Literatur, so heißt es gelegentlich, sträube sich noch immer gegen das »Zusammenwachsen«; lassen wir dies so stehen . . . man könnte gewiß einige Themenvorschläge machen, für die allerdings eine gemeinsame deutsche Literatur zuständig wäre.

In seiner zweiten Vorlesung sprach Jurek Becker über seine Scheu, sich über die westdeutsche Literatur kritisch zu äußern. Obwohl er schon fünf Jahre in diesem Land lebe – in der damaligen BRD –, käme er sich noch immer wie ein Fremder, wie ein Eindringling vor. Das war seinerzeit vollkommen verständlich, heute haben sich die Dinge von Grund auf geändert. Einigen Autoren aus dem Osten möchte man heute sagen, daß es keinesfalls zu den Notwendigkeiten der Literatur gehört, Loblieder auf die Demokratie zu singen. Dergleichen Verlogenheiten waren im sogenannten Sozialismus erforderlich, jetzt kann man sich damit nur lächerlich machen. Wenn eine Demokratie Loblieder nötig hat, dann ist es keine mehr, das müßten wir aus dem Osten doch am besten wissen. Demokratie ist eine durch und durch mittelmäßige Angelegenheit mit einem schwer überwindlichen Hang zur Korruption, das meiste, worauf man in ihr stößt, erweist sich in kürzester Zeit als ziemlich mies: das einzige also, was in einer Demokratie wirklich notwendig ist, das ist die Kritik. Denken Sie an den Satz unseres Hauptkritikers, den ich schon einmal zitiert habe: »Durch Kritik wird Demokratie geradezu definiert.«

Das Schlimmste, was uns, den Ostdeutschen, passieren könnte – vorausgesetzt, die Demokratie hält noch –, wäre etwas in der Richtung, wie seinerzeit in Westdeutschland schon geschehen: wir könnten von irgendeinem Hauptverantwortlichen der öffentlichen Meinung als eine Art Ratten oder Schmeißfliegen bezeichnet werden. Wie jeder weiß, ist das, unvergeßliche Sternstunde der engagierten Literatur in der BRD, einmal geschehen: man kann kaum einer Schriftstellerversammlung beiwohnen, auf der man nicht mindestens einmal darauf hingewiesen wird. Es war eine Beleidigung, die, mit spürbarer Anstrengung, von Generation zu Generation weitervererbt worden ist. Dabei hätte man sich doch eigentlich geehrt fühlen können: Ratten und Schmeißfliegen sind sehr notwendige Geschöpfe, sie weisen auf verborgene Fäulnisstellen eines Gemeinwesens hin. Aber nein, es wäre den Autorinnen und Autoren offenbar lieber gewesen, man hätte sie als die Deodoranten dieser Gesellschaft bezeichnet, und so benehmen sich die meisten von ihnen auch. Womit also sollen sich die ostdeutschen Literaten endlich entschließen zusammenzuwachsen? Mit der Meinungslosigkeit, mit der Mediengeilheit: die Schriftsteller sagen zwar am laufenden Band ihre Meinung, sie werden auch andauernd danach gefragt, sie sagen sie in den Talk-Shows, für ihre Bücher bleibt immer weniger Meinung übrig. Anstatt ihre Gedanken nachvollziehbar zu machen, wozu Gutenberg eine ausgezeichnete Methode sich hatte einfallen lassen, faseln die Schriftsteller über den Bildschirm, unter anderem faseln sie dort vom Ende der Schrift. Oder soll man hineinwachsen in diese Tabu-Gesellschaft, in der jeder denunziert wird, wenn er im Osten einmal den Jungen Pionieren angehört hat, wo man sich aber jeden Zweifel an der Autorität einer Genickschußgruppe Neun verbietet. – Meine Damen und Herren, es gibt eine Metapher des amerikanischen Dichters Robert Lowell, die mir immer wieder einfällt, wenn ich nach einem charakteristischen Bild für das Verhalten unserer Literatur suche, übersetzt lautet sie: »Unbändige Unterwürfigkeit gleitet gut geschmiert vorbei.« Lowell hat damit natürlich nicht die Literatur gemeint, er versuchte seine Empfindung auszudrücken, mit der er die Statussymbole dieser Welt, die Autos, an sich vorbeifahren sah. Dies stellt für mich den ungebremsten Übergang zu einem Problem dar, zu dem ich mich schon immer einmal äußern wollte.

Meine Frage ist, wieso verliert eigentlich kein Schriftsteller ein Wort darüber, daß die Autogesellschaft begonnen hat, uns zu verschlucken? Ich will versuchen, die aus meiner Sicht möglichen Antworten darauf zu geben. Sich gegen die zerstörerische Entwicklung dieser Autogesellschaft zu wenden, das wäre eine äußerst unpopuläre Entscheidung, weshalb, darüber brauche ich mich nicht erst zu verbreiten. Die deutsche Literatur wäre damit endlich wieder in eine Lage versetzt, die derjenigen der deutschen Nachkriegsliteratur vergleichbar wäre, bzw. in einer ähnlichen Situation wie die Gruppe 47, und es wäre eine Situation, an der diese Autoren so groß und wirkungsvoll geworden sind: sie müßte gegen die Mehrheitsmeinung anschreiben, unbeeindruckt von Erfolgs- oder Mißerfolgsmeldungen, unbeeindruckt auch, wenn die Kritik nörgelt, die Bücher aus Amerika oder Rußland seien besser erzählt, dies hat die Kritik nämlich schon der Gruppe 47 vorgebetet. Dann endlich hätte die deutsche Literatur wieder eine Meinung, und sie hätte wieder einen Sinn. Wie die Literatur das Thema angehen könnte, das wird schon irgendwem einfallen; wenn es um das Wiederkäuen von Tabus geht, die 1920 gebrochen wurden, sind unsere Autoren und Autorinnen schließlich auch mit allen Wassern gewaschen. Aber es fällt niemandem ein, das neue Thema anzugehen, im Gegenteil, 99 Prozent der deutschen Literaten haben sich der Ansicht von 90 bis 95 Prozent der Wahlberechtigten angepaßt, und diese heißt: Nach uns die Sintflut. Die Sint-

flut, wenn sie kommt, in welcher Form auch immer, als Dreck, Gas oder Hautkrebs, wird uns nämlich nicht mehr treffen, sondern erst unsere Nachwelt, deshalb können wir noch eine Weile so weiterreden. Unsere Nachwelt wird sich bei uns bedanken, und denen möchte ich nicht in die Augen sehen müssen. Ein zunehmender Teil unserer Nachwelt bedankt sich jetzt schon gebührend ... Nach uns die Sintflut: warum räumen wir den Heroin-Dealern eigentlich nicht gleich etwas Sendezeit im Werbefernsehen ein?
Nach uns die Sintflut – Stendhal wäre von diesem Gedanken wahrscheinlich sehr beunruhigt gewesen, denn er schrieb bekanntlich für die Nachwelt. Folglich mußte er einer Nachwelt erst einmal das Existenzrecht zugestehen, wir tun das nicht mehr. Was war es eigentlich, das wir uns haben einreden lassen: daß uns nach uns keiner mehr lesen wird oder daß es nach uns keine Leser mehr geben wird – wir wissen es schon nicht mehr so genau. Jedenfalls verdrängen wir den Gedanken an eine mögliche Nachwelt, wir glauben nicht mehr an sie, und damit überantworten wir sie, zumindest theoretisch, dem Genozid, der von der Autoindustrie und vergleichbaren Syndikaten in Gang gesetzt worden ist. Wir sind also, man kann es nicht trocken genug sagen, nicht mehr normal.
Wie, so frage ich mich, kommt dergleichen zustande? Sind wir vielleicht einmal so ähnlich behandelt worden? – Ja, man muß es zugeben, wir sind auf ganz ähnliche Weise behandelt worden. Im Jahre 1945 saß der Möchtegern-Impressionist Hitler in seinem Bunker in Berlin und sagte sich, wenn das deutsche Volk so schwach und feige ist, dann soll es untergehen. Wir waren also auch einmal die Opfer eines solchen Verächters, wir waren auch einmal eine Nachwelt, der man das Recht zu leben abgesprochen hat; das vergangene Jahr-

hundert war voll von solchen verbrecherischen Kurzschlüssen, aber müssen wir darum genauso weiterdenken? Wird es nicht Zeit, die Nachkriegszeit endlich zu beenden? Das vergangene Jahrhundert, meine Damen und Herren, ist vorbei, das Projekt ist schiefgegangen.

Wenn ich diese Gedanken denke, frage ich mich, wovor wir, die Schriftsteller, eigentlich noch Angst haben. Wie lange wollen wir uns eigentlich noch zensieren lassen, und wie lange noch abkanzeln lassen als Panikmacher, Weltuntergangspropheten, oder was dergleichen Maulschellen mehr sind. Ich höre jetzt schon den Hohn der Kritik, doch ich werde meinen Ärger darüber zu zügeln wissen, denn die Kritik hat es schwer genug damit, ihren Job bei der Autoindustrie zu rechtfertigen. Weltuntergangspropheten sind vielleicht nahe daran, sich lächerlich zu machen: man wird es hoffentlich meinem Tonfall anmerken, daß mir der Untergang fernliegt, daß ich sein Gegenteil für möglich halte, sonst würde ich mich nicht so aufregen.

Kürzlich habe ich in einer Zeitung gelesen, wieviel Milliarden jährlich aus dem Bundeshaushalt für den Straßenverkehr ausgegeben werden müssen. Ich habe es vergessen, wahrscheinlich aus einem gewissen Schutzbedürfnis heraus, es war eine konsternierende Zahl. Der Schreiber des Artikels versagte es sich, die Summe umzurechnen auf den Jahresdurchschnitt des einzelnen Steuerzahlers, er sagte, es würde ein Aufheulen durch das Land gehen, wenn sich jeder die diesbezügliche Belastung vor Augen halten könne. Leider fürchte ich, es würde ein Aufheulen durch das Land gehen, wenn die Regierung bekanntgäbe, die Ausgaben für Verkehrsprobleme müßten drastisch gekürzt werden. Das wird natürlich nicht geschehen, eher das Gegenteil, denn diese Wirtschaft basiert auf dem Verkehr. Ist es angesichts dessen nicht alles Unsinn, was ich hier sage? Diese Frage muß ich mir stellen, ich kann sie gar nicht verhindern, sie drängt sich mir auf.

Die Frage ist natürlich längst nicht so harmlos, wie ich sie hier formuliert habe, sie heißt in Wirklichkeit: Sind die Probleme, die dieser Welt ins Haus stehen, nicht viel zu groß für die Literatur, wird sie sich daran nicht erschöpfen, wird sie deshalb nicht überflüssig werden? Das ist eine Frage, die man nicht zufriedenstellend beantworten kann, man könnte aber sagen, daß vor den Schwierigkeiten, die man sich so vorstellt, im Grunde jedes Medium versagen muß. Und dabei hätte es die Literatur noch am leichtesten, sie könnte sich nämlich ihre Bücher auf relativ einfache Weise selbst herstellen, das ist in der DDR und ähnlichen Ländern, und zwar mit allererbärmlichsten Mitteln, ausprobiert worden. Die schwer lösbare Aufgabe, die bliebe, wäre eigentlich nur die der Verbreitung von Literatur, aber dieses Problem haben wir natürlich jetzt schon. Ich kann keinen prinzipiellen Unterschied dabei finden, ob eine Auflage von 5000 Stück in den Ramschkisten verwittert, oder ob 750 Exemplare – ich erinnere, das war die Höhe der Erstauflage von Stendhals *Rot und Schwarz* – von Hand zu Hand weitergereicht werden. Und es wäre dazu noch zu sagen: Verbreitung, das heißt auch *Einfluß*, erfährt Literatur allein durch Inhalt und Form, alle anderen Manipulationen, auf die man inzwischen mehr und mehr ausweicht, sind Umwege, sie machen die Literatur verdächtig, und die Erfolgsquoten, die damit erzielt werden, sind vorübergehend und erweisen sich zu guter Letzt als Bluff.

Aber zurück zu meiner Frage: Wird die Literatur nun zugrunde gehen oder nicht? Nach ein paar gedanklichen Umwegen ist zu erkennen, daß wir hier ein ziemlich altes Muster vor uns haben. Ich behaupte, hinter dieser Frage verbirgt sich in Wirklichkeit der ewige Streit darüber, ob die Literatur Problemlösungen anbieten kann, oder soll, oder ob sie die Probleme nur aufwerfen soll. Die Antwort kann ohne Umschweife gegeben werden, sie ist so oft wiederholt worden, daß sie zu dem Gemeinplatz geworden ist, auf dem die Literaten am unermüdlichsten herumpochen: in Gedichten oder Romanen können selbstverständlich keine Problemlösungen erörtert werden, sie wären darin fehl am Platz. Nur habe ich die Literatur in Verdacht, daß es zu ihrem einzigen Problem geworden ist, wie sie sich diese Aufgabe vom Leib halten kann, die überhaupt nicht an sie ergangen ist. Und sie hat diese scheinbare Aufgabe so weit weggerückt und in den Schatten gestellt, daß sie auch schon vergessen hat, was sie durchaus können und auch tun wollte: sie wollte die Dinge zur Sprache bringen – provozierend oder protestierend –, sie wollte sich immerhin am Unglück dieser Welt beteiligen. Es kommt hier ein Verdrängungsmechanismus zur Wirkung, der so klassisch ist, daß man fast darüber lachen könnte: es war nämlich die Literatur selber, die diese Anforderung an sich gestellt hat; daran mußte sie logisch scheitern, und es ist dieses Scheitern, das sie noch nicht überwunden hat. Wir haben uns über diesen Punkt schon unterhalten: Sie erinnern sich, ich hatte gesagt, die Literatur habe sich einst zu einem Vehikel für alle möglichen fortschrittlichen Ideen machen lassen, zum Vehikel der Aufklärung, die freilich höchst ehrenwert war; ich habe sie hier lange genug verteidigt. Und die Literatur hat diese Rolle sehr bereitwillig übernommen; es ist dies ein modernes Phänomen, bei Homer suchen wir dieses Über-Ich vergeblich.

Ich weiß nicht, ob man der Aufklärung eine Schuld daran geben kann, daß der Literatur die Rolle der Repräsentanz eingeredet worden ist, vielleicht hat sie dazu beigetragen, und erst spätere Aufklärer, zum Beispiel die der Frankfurter Schule, haben diese Anmaßung nachhaltig revidiert. Jedenfalls ist die repräsentative Rolle der Literatur – eine Funktion mag man sie nicht nennen, denn sie ist ohne Zweifel eine Schein-Funktion – für mich eine der Ursachen für das Leiden der Literatur daran, daß sie auf Probleme zwar hinweisen, sie notfalls aufdecken kann, an ihrer Beseitigung aber keinen Anteil hat. Man muß gar nicht von einem Gefühl der Machtlosigkeit sprechen, wahrscheinlich kommt sich die Literatur ausgeliefert vor, wie ein Spielball von Zufällen, solche Gefühle verführen zur Resignation. Repräsentanten dagegen dürfen nicht scheitern, sonst repräsentieren sie allein das Scheitern. Es gibt aber für die Literatur – und es klingt hart, wenn ich es so sage – keinerlei Verpflichtung, daß sie nicht scheitern darf: Siegesgewißheit gehört nicht zu den Voraussetzungen für die Literatur.

Es gibt weder einen Vertrag noch eine Garantie dafür, daß man mit der Literatur nicht untergehen kann – was existiert, ist nur die Gesamtheit der Literatur, diese kann nicht mehr, oder nur zusammen mit der Menschheit, abgeschafft werden – ein einzelner Literat aber kann immer zerbrechen. Man riskiert also etwas, wenn man sich auf die Literatur einläßt, und das Risiko bleibt einem erhalten, da man in dem Metier nie ganz genau weiß, ob man schon gescheitert ist, oder ob diese unbequeme Erkenntnis noch aussteht. Für mich steckt in diesem Gedanken aber auch ein gewisser Trost, der, das gebe ich zu, etwas desolat ist: die Möglichkeit zu scheitern – und die Idee, daß im Grunde nicht besonders viel davon abhängt – ist gleichzeitig auch meine Freiheit. Die unwägbare Möglichkeit zu scheitern entbindet mich im Prinzip von der Verpflichtung, einen Zweck zu verfolgen, der nicht scheitern darf. Deshalb – ich komme auf die simpelste der Chancen zurück,

die mir diese Freiheit läßt – brauche ich mich zum Beispiel nicht einer Selbstzensur zu unterwerfen; ich kann die Dinge, die mich bedrücken, so aussprechen, wie ich sie sehe.
Ich habe als ehemaliger DDR-Autor mit der Selbstzensur meine Erfahrungen. Selbstzensur war in der DDR ein Phänomen, das auf den ersten Blick in der Bundesrepublik ohne Belang war, ebensowenig wie jetzt im neuen Deutschland. Jurek Becker hat diese Mechanismen in seinen Frankfurter Vorlesungen auf beinahe erschöpfende Weise bloßgelegt, doch dies war 1989, und Selbstzensur war damals noch in Kraft. Jetzt stellt sich mir die Frage, ob sie mit dem DDR-System völlig erloschen ist oder ob es Vergleichbares immer noch gibt. Wäre letzteres der Fall, so müßten wir das hier, in einer Demokratie, ein ernsteres Übel nennen, als es dies in der DDR war. Die Selbstzensur in der DDR bestand in einer Art Übereinkunft, in einer meist unausgesprochenen Übereinkunft zwischen dem Autor und seinem Verlag, einen zum Druck vorgesehenen Text nicht durch Aussagen zu belasten, die seine Publikation unmöglich machen konnten. Der Autor stand also fortwährend vor dem Problem, kritische Meinungen, auf die er Wert legte, entweder zu verschweigen oder sie auf eine Art auszudrücken, die es ihm ermöglichte, auf Einwände hin zu erwidern: Das habe ich nicht gesagt! Dabei aber mußte für den Leser, der geübt war, verdeckte Bedeutungen aufzuspüren, aus dem Text doch herauszulesen sein, was der Autor nicht gesagt haben wollte. Nun waren die Dinge, über die man sich geeinigt hatte, sie nicht auszudrücken oder nur verschlüsselt auszudrücken, nicht etwa besonders brisante Geheimnisse, sondern immer dieselben bekannten und weitverbreiteten Tatbestände. Zwei Jahre lang, zwischen 1980 und 1983, waren wir, ein Lektor vom Reclam-Verlag in Leipzig und ich, darum bemüht, ein

schmales Bändchen mit Lyrik und Prosa zu veröffentlichen, an dem kaum noch Lektoratsarbeit zu leisten war, denn die Texte waren zum überwiegenden Teil schon veröffentlicht, in der Bundesrepublik, es fehlte nur noch die Druckgenehmigung, das heißt, die behördliche Erlaubnis zur Herstellung und zum Vertrieb der vertraglich festgesetzten Auflage. Diese Genehmigung ließ auf sich warten, es entstand das Gerücht, es müsse an der Zusammenstellung der Texte noch etwas geändert werden, welche Veränderung das war, konnten wir nur erraten, hätte man es uns mitgeteilt, dann hätte sich die Zensurbehörde zu erkennen gegeben. Ich hatte eine gewisse Ahnung und entschloß mich, ein Gedicht aus der Auswahl herauszustreichen: in diesem Gedicht war, vollkommen unkommentiert, neben anderen Jahreszahlen die des Jahres 61 enthalten. Das Gedicht selber hätte man relativ unpolitisch nennen können, es erschien mir nicht einmal sonderlich negativ; ich habe in der DDR Texte veröffentlichen können, die weit angriffslustigere Zeilen enthielten. Ich hatte richtig getippt, als das Gedicht eliminiert war, wurde die Druckgenehmigung erteilt, und das Buch erschien. Wir wissen alle, was 1961 geschehen war: am 13. August dieses Jahres hatte die DDR ihre Grenzen geschlossen, Ostberlin wurde mit der Mauer umgeben. Darauf gab es in dem Gedicht keinen deutlichen Bezug, die Jahreszahl 61 stand völlig unreflektiert da; ich erkannte, was hier geschehen war: die DDR-Obrigkeit wollte nicht, auch nicht mittelbar, an eine Tatsache erinnert werden, die sie selber in die Welt gesetzt hatte. Solche Tatsachen durften nur erwähnt werden, wenn sie mit unmißverständlicher Zustimmung versehen waren: aber man weiß, daß in solchen Fällen selbst Zustimmung noch der Ironie verdächtigt wurde, voll akzeptiert wurde im Grunde nur das Verschweigen. Auf diesem

Grundsatz basiert das Wesen der Zensur: das Tabu wird stets über einen Gegenstand verhängt, für den man sich selber verantwortlich fühlt oder für den man Verantwortung auf sich zukommen sieht.
Zensur gibt es dem Namen nach natürlich nicht mehr, auch die Selbstzensur müßte wahrscheinlich anders benannt werden; es gibt eine große Auswahl von Definitionen, heben wir uns dies für später auf; unter irgendeiner Bezeichnung jedenfalls, da bin ich mir ziemlich sicher, existiert sie weiter fort. Einmal sprach ich mit einem Verlagsmenschen, und der redete von einem »Mut zum Populären«, das war eine glückliche Fügung, wenn mir das Wort »Mut« auch etwas unpassend erschien; ich dachte still für mich: Ich bin es, der die Bücher schreiben muß, du hast es schwerer, du mußt sie verkaufen.
Selbstzensur – bleiben wir vorerst dabei – herrscht zum Beispiel in den alten, und noch mehr in den neuen Bundesländern, und wahrscheinlich auch sonst überall, wenn es um einen Zustand geht, der für jedermann unübersehbar ist: den Zustand, daß unsere Großstädte von Autos total verstopft sind, derart, daß die Freiheit, die das Auto einst versprach, längst zur galoppierend zunehmenden Unfreiheit geworden ist, daß es diese Probleme sind, die angefangen haben, unsere Wirtschaft zu ruinieren, daß unsere Atmosphäre zerfressen ist, daß die Verhältnisse für unsere Nachfahren immer lebensbedrohlicher werden. Selbstverschuldete Mißstände werden also auch in pluralistischen Gesellschaften tabuisiert: nur daß die Literaten in diesen Gesellschaften die Erlaubnis hätten, diese Tabus zur Sprache zu bringen. Sie tun es nicht, sie unterwerfen sich freiwilliger Selbstzensur: Warum entziehen sich Schriftsteller auf diese selbstmörderische Weise ihrer Verpflichtung zur Wahrheit? Hervorbringungen des Be-

wußtseins in einer pluralistischen Gesellschaft sind, wenn sie absatzfähig bleiben sollen, dazu verurteilt, auf die populäre Meinung zu setzen oder auch auf den sogenannten Zeitgeist: ich werde nicht darauf hereinfallen, unter diesem hinterlistig zusammengesetzten Substantiv den »Geist unserer Zeit« zu verstehen, mir ist klar, daß unter dieser Warenbezeichnung ein zeitlich limitierter Ausdruck des Bewußtseins verkauft werden soll, der gegebenenfalls ausgewechselt werden kann, wenn sein Bedarf gedeckt ist: es werden also unter der Annonce »Zeitgeist« nicht Bereicherungen, sondern vielmehr Einschränkungen verkauft. Befindet man sich neben diesem Zeitgeist oder versucht man sich davon abzusetzen – im positivsten Fall wäre das der Versuch, Begrenzungen aufzubrechen –, so scheint man wenig Glück zu haben, daß man auf dem Buchmarkt vom Herbst bis zum Frühjahr überwintern kann. Tatsächlich, so weitgehend haben die Literaten sich ihre Leser gefügig gemacht.

Von vielen Autoren kann man hören, man habe bei den Verlagen kaum noch eine Chance, wenn man die Trends des Zeitgeists zu boykottieren versucht: bin ich deshalb ungerecht, wenn ich die Literatur derart mit Vorwürfen überhäufe? Wenn man bei den Verlagen, die Bücher verlegen wollen, keine Chance mehr hat, so kann das doch nur daran liegen, daß dort viel zu viele Bücher eingereicht werden, die sich allen möglichen Einschränkungen willfährigst unterwerfen.

Meine Damen und Herren, kurz vor Schluß dieser Vorlesungen will ich versuchen, ein paar Gedanken anzureißen, die eine Art privates Eingeständnis sind . . . doch sie stehen in Zusammenhang mit dem, was ich vorher gesagt habe. Meine Langsamkeit beim Verfertigen dieser Vorträge – in meinem Verlag, wo man auf die Manuskripte wartet, ist man davon

wahrscheinlich schon entnervt – gibt mir die im Grunde erfreuliche Möglichkeit, auf eine Besprechung meiner ersten Vorlesung zu antworten, die in der Frankfurter Rundschau erschienen ist. Dort wird gesagt, daß mein eigener Standpunkt dabei nur selten durchdringt. Das ist bestimmt richtig bemerkt, nur vermute ich, daß ich eigentlich gar keinen Standpunkt habe. Eher war ich während der Niederschrift dieser Texte in einer ziemlich verworrenen Lage. Immer wieder waren da ein paar Gedanken, zu denen ich gern vorstoßen wollte – Gedanken etwa, die als Titel über den einzelnen Vorlesungen hätten stehen können: ich habe die einzelnen Abschnitte schließlich bloß numeriert – oder auch einige Sätze, die ich unbedingt gesagt haben wollte; aber der Stoff bauschte sich vor mir auf, immer wieder mußte ich die Denkwege, die zu den Sätzen hinwiesen, abreißen lassen. Oft hatte ich gar nicht weit genug gehen können, um festzustellen, ob ich auf einem Irrweg war oder ob sich nicht doch eine Brücke hätte finden lassen, über die ich einem dieser Sätze wieder näher gekommen wäre. Nun habe ich das Gefühl, auf einen wüsten Haufen von Bruchstücken zu blicken: es ging mir schon immer so, meine ich, wie kann es einem einzelnen, der sich umdreht und in dieses Feld sieht, übersät vom Kleinkram der Moderne, anders ergehen. Wenn das Ganze vorbei ist, werde ich mich fragen, was kann man davon mitnehmen – wohin, weiß ich nicht, also sage ich ganz konkret: auf meinen Schreibtisch – um zufällig daran anknüpfen zu können.
Ich muß aber zugeben, daß ich bei meiner Arbeit andauernd von einem Gespenst belästigt worden bin, das ich weiter oben die »Selbstzensur« genannt habe: ist es diese Geistererscheinung, die uns von der Moderne übrigbleibt? Sie soll ja auch ihre positiven Seiten haben, mir aber war sie meist im Weg, andauernd habe ich versucht, sie kleinzukriegen, und

manchmal kam es mir so vor, als sei dies meine Hauptarbeit an diesen Vorlesungen. Es gibt bestimmt genug Kritiker, die der Selbstzensur dankbar sind, und ich kann diesem Gedanken sogar folgen. Leo Tolstoi zum Beispiel war der Zensur überhaupt nicht abgeneigt, nur wollte er sie, glaube ich, nicht für politische Bücher sehen, sondern er fürchtete sich vor der Unmenge von verfehlten und überflüssigen Büchern. Es kann sein, daß er mit den überflüssigen Büchern jene meinte, die nicht auf eine Zukunft hinweisen.
Ich wollte aber etwas über unausgesprochene Sätze sagen: Es gibt immer einige Sätze, die man jahrelang mit sich herumträgt. Vermutlich gibt es die für jeden Schriftsteller, der Ernst zu machen versucht mit der Sprache: es will sich kein passender Platz für sie finden, man hat sie nur im Kopf, man schleppt sie dauernd mit sich herum wie eine eiserne Reserve, die man ohne dringende Notwendigkeit nicht anbrechen zu dürfen glaubt. Tut man es eines Tages aus Ungeduld doch, schmeckt diese eiserne Reserve vielleicht schal oder erweist sich als ungenießbar. Man vergißt diese Sätze nie wirklich, auch wenn man sie nie verwendet ... selbst wenn sie der Autor nie aufschreibt, stellen sie vielleicht etwas Wesentliches für ihn dar, das er dauernd umkreist hat. Manchmal tauchen solche Sätze im sogenannten Nachlaß eines Schriftstellers auf, dort sind sie dann ein Rätsel, oder sie werden als bloße Bestätigung dessen gelesen, was der Autor schon immer gesagt hat. Solche Sätze sind vielleicht zurückgeschreckt vor einem Urteil, das »unmöglich« heißt – Sie erinnern sich, einen ganz ähnlichen Zustand hatte ich anfangs meiner ersten Vorlesung erwähnt –, sie sind also unter Verschluß gehalten worden von einem Vorbehalt, von einem Schamgefühl, von Kritik, die man als Teil seiner selbst empfand.
Kommen dem Autor diese Sätze zu rebellisch vor, hält er es

für gescheiter zu warten, bis sie defensiv geworden sind, immerhin gehört ein bißchen Mut dazu, offensiv zu sein: braucht das sogenannte kritische Element, das in dem Autor auf seine Artikulation lauert, erst die landläufige öffentliche Meinung, um sich hervorzuwagen? Es kann sein, sage ich mir, daß es für Sätze, die ich irgendwann versäumt habe niederzuschreiben, für immer zu spät bleiben wird. Ich habe sie aus Feigheit versäumt, aus Bequemlichkeit vor mir hergeschoben, ich hätte sie aber sagen müssen, gleichgültig, wie verunglückt sie ausgefallen wären, wie falsch, wie unbeweisbar sie geklungen hätten: ich hätte sie irgendwann revidieren können, erläutern, durch andere Sätze bestreiten können. Wenn mir einer dieser Sätze so unerläßlich erschien, warum habe ich mir nicht einen Kontext für ihn geschaffen, in dem er funktioniert hätte? Oder warum habe ich ihn nicht einfach nackt aufgeschrieben, ohne einen Kontext – es gibt Beispiele dafür, man kann in den Aufzeichnungen Canettis viele solcher Sätze ohne sichtbaren Zusammenhang finden. Sätze, die nur im Gehirn bleiben, sind verlorene Sätze. Die Verpflichtung zum sogenannten Kontext – eine Verpflichtung übrigens, die in der Moderne fast zu Bruch gegangen ist – stellt jedenfalls auch eine große Verführung zum Verschweigen dar. »Wovon man nicht laut spricht, das ist nicht da«, so lautet einer der vielen zusammenhanglosen Sätze von Nietzsche. Doch hier kommen mir schon Zweifel: Gibt es nicht eine Unmenge von Dingen, die sehr wohl da sind, obwohl man sie nicht einmal leise sagt. Das weiß jeder, und jeder weiß auch, daß diese Dinge inzwischen monströs geworden sind, so, daß sie wirklich langsam das faule Wort »unsäglich« verdienen. Die Sätze werden uns unterhalb ihres Verschweigens wahr.

Es hat für mich im Kontext dieser Vorlesungen auch ein paar

solcher Sätze gegeben, ich hatte sie notiert, ich finde sie nicht mehr, sie werden aus dem Haufen übriggebliebener Zettel eines Tages auftauchen, ich werde womöglich den Kopf darüber schütteln. Sie sind von anderen Sätzen, die ich noch im Kopf habe, zurückgedrängt worden. Einer davon, der mir noch als der harmloseste erscheint, heißt: Ich halte die Werbung für den Verkauf von Automobilen für Anstiftung zum Mord. – Den Rest kann man selber weiterdenken, der Satz ist freilich nur ein Beispiel für das, was mit unserer Welt geschieht, doch er ist ein Beispiel, das in die Augen sticht. Wer im Interesse seines Profits, zu deutsch aus Gewinnsucht, das Überleben der uns nachfolgenden Generationen aufs Spiel setzt, und zwar nicht fahrlässig, sondern im vollen Bewußtsein seines Handelns, der darf nicht auf Nachsicht hoffen.

Ich muß dazu aber noch mehr sagen, und dies richtet sich quasi an die Hausadresse des merkwürdigen Jugendverbandes, dem ich selber angehöre. Dort hat man alle Hände voll damit zu tun, die Fraktionen zu sortieren, die während des kalten Krieges entstanden sind, und sich gegenseitig den Patriotismus abzusprechen, wofür es reichlich spät geworden ist. Ich kann es der Literatur immer weniger verzeihen, daß sie sich um die wirklichen Probleme nicht kümmert und sich statt dessen ihre Brötchen mit repräsentativem Gezänk verdient. Mit ihrer Verdrängungstaktik profitiert auch sie von der Vernichtung, denn sie fürchtet mit Recht, daß sie, wenn sie ihr Schweigen darüber bricht, aus ihrer Marktgängigkeit entlassen wird. Durch jahrzehntelange Blindheit und Unterwürfigkeit hat sie es aber selbst dahin gebracht. Die Literatur hat der Kritik allzu bereitwillig geglaubt, daß der Gedanke an das Überleben der Literatur keinen Pfifferling mehr wert sei, sie hat es akzeptiert, daß man sich mit dem

Schreiben für die Nachgeborenen dem Hohn und der Lächerlichkeit aussetze, sie hat sich davon entlastet gefühlt. Und sie war sogar noch folgsamer als erwartet, sie hat die Diskriminierung der haltbaren Literatur noch forciert. Damit hat sie einen Verrat begangen, der nur sehr langsam wiedergutzumachen sein wird. Inzwischen gibt es natürlich erste Anzeichen für ein Aufmerken, inzwischen hat das Gewimmer darüber eingesetzt, daß der Literatur die Leser weglaufen, und wo wird hier nicht überall die Schuld gesucht: Fernsehen, neue Medien, Reizüberflutung, ab und zu wird zur Erklärung sogar das Tempo der mobilen Gesellschaft herangezogen. Kein Gedanke daran, daß Leser, es waren schon immer wenig genug, auch auf ein Verhalten der Literatur reagieren könnten, wenn sie weglaufen. Man sollte natürlich besser sagen, sie fahren weg, sie halten das Stehen im Stau auf der Autobahn für interessanter als die meisten neuen Bücher, und wenn diese noch so süffisant geschrieben sind.
Wenn man heute den Namen Heinrich Böll nennt, kann es geschehen, daß man auch hierbei schon auf ein gewisses hämisches Grinsen stößt. Seine Bücher sind inzwischen durch alle Spielarten der Mäkelei hindurch, und sie sind noch nicht tot; sie werden – hier und im Ausland – immer noch öfter gelesen als das meiste, was nach ihm kam und die Nase über ihn rümpfte. Er hat in seinen Frankfurter Vorlesungen von 1963 viel von der »nichtssagenden Gesellschaft« gesprochen, von der er sich umgeben sah, und er sprach davon im Gestus des Protests. *Protest* ist ein Wort, das man in diesem Land nicht mehr hört; es scheint abgegolten, überholt, verbraucht, was sich darin ausdrückte, hat sich in diesem Land in beschränkten Zeiträumen manifestiert und damit erledigt: man hat den Protest als eine Neurose des Zeitgeists behandelt, und die Literaten haben es widerspruchslos geschluckt.

Kann Protest überleben ... ich weiß es nicht, ich kann wieder nur auf Heinrich Böll hinweisen ... aber eigentlich ist das hier gar nicht meine Frage. Meine Frage ist, wie es möglich ist, daß unter Schriftstellern der Protest ausbleibt, wenn ihre Bücher mit den Maßstäben der Vergnügungsindustrie gemessen werden. Ich weiß, daß der Spott gegen die Kanonisierung und Klassifizierung der Literatur in das sogenannte Bleibende und sein Gegenteil einmal ebenfalls aus Protest entstanden ist. Übertragen auf die heutige Lage ist dies aber nur noch eine langweilige Pose, der niemand mehr Witz abgewinnt, denn die Lage hat sich grundsätzlich geändert. Es ist heute keine Anmaßung mehr, für die Nachwelt schreiben zu wollen; anmaßend, feige und selbstmörderisch ist es dagegen, nicht an die Nachgeborenen zu denken: es heißt, sie preiszugeben, denn sie werden nicht mehr menschenwürdig leben können, wenn kein Protest sich rührt.
Eigentlich hatte ich vor, hier noch über das zu sprechen, was man den *Einfluß* der Literatur auf das Leben zu nennen sich geeinigt hat. Es ist zu spät, meine Vorlesungen sind praktisch am Ende: wahrscheinlich schwingt der Gedanke an diesen Einfluß in allem mit, was ich gesagt habe. Der Einfluß der Literatur ist gering, nicht ohne eigenes Verschulden sehen wir ihn dahinschwinden ... hat es überhaupt noch einen Zweck, wenn wir dieses Thema anschlagen. Heinrich Böll sagte 1963 in seiner ersten Vorlesung, es falle der zeitgenössischen Literatur eine Verantwortung zu, der sie nicht gewachsen ist. »Man fragt nicht die Wissenschaft, nicht die Politiker, nicht die Kirchen«, so fuhr er fort, »die Autoren sollen aussprechen, was andere offenbar nicht aussprechen wollen. Die Politiker drücken sich, das unkluge, das wahre Wort erwartet man von den Autoren, sprechen sie es aber aus, dann heult die Maschine der Demagogie ...«. Diese Sätze stimmen mich

bedenklich, sie sind nur allzu aktuell. Meine Frage dabei ist nur, ob wir, die Autoren, tatsächlich dem gewachsen sein müssen, was wir sehen und aussprechen. Ist es nicht um so notwendiger, daß wir auf Zustände hinweisen, denen wir nicht mehr gewachsen sind? Wir haben schon gesagt, daß die Literatur keine Probleme lösen kann: und weil sie dies nicht kann, darf sie sich auch nicht irgendwelche Aufgaben stellen lassen, weder von der Politik noch von der Gesellschaft. Was sie aber kann, das sollte sie ohne Rücksicht tun: die Literatur kann es sein, die der Gesellschaft ihre noch ungelösten Aufgaben stellt.

Juni 1995

Anmerkungen

Die Vorlesungen wurden unter dem Titel *Abriß der Kritik 1–4* im Sommersemester 1995 an der Johann Wolfgang Goethe-Universität in Frankfurt am Main gehalten. Die schriftliche Form der Vorlesungen weicht an einigen Stellen von der ihres mündlichen Vortrags ab.

Verzeichnis der verwendeten Bücher

Hans Magnus Enzensberger: *Mittelmaß und Wahn;* Suhrkamp Verlag, Frankfurt/Main 1991 (»Rezensenten-Dämmerung«)

Marcel Reich-Ranicki: *Lauter Verrisse;* Deutscher Taschenbuchverlag, München 1992 (Einleitung)

Octavio Paz: *Die andere Zeit der Dichtung;* Suhrkamp Verlag, Frankfurt/Main 1989

Octavio Paz: *Die andere Stimme;* Suhrkamp Verlag, Frankfurt/Main 1994

Thomas Stearns Eliot: *Werke.* Bd. 2/3: *Essays;* Suhrkamp Verlag, Frankfurt/Main 1988 (»Der vollkommene Kritiker«)

Elias Canetti: *Das Gewissen der Worte. Essays;* Fischer Taschenbuch Verlag, Frankfurt/Main 1992 (»Karl Kraus, Schule des Widerstands«; »Der Beruf des Dichters«)

Elias Canetti: *Masse und Macht;* Fischer Taschenbuch Verlag, Frankfurt/Main 1993

Friedrich Nietzsche: *Sämtliche Werke in Einzelbänden. Kritische Studienausgabe.* 15 Bde.; Deutscher Taschenbuch Verlag, München 1988

Hermann Broch: *Werke.* 17 Bde. 9/1: *Schriften zur Literatur. Kritik;* Suhrkamp Verlag, Frankfurt/Main 1976 (»Antwort auf eine Umfrage über Karl Kraus«)

Max Reinhardt: *Schriften;* Henschel Verlag, Berlin (DDR), 1974

Marshall McLuhan: *Die magischen Kanäle;* Fundus Bücher, Verlag der Kunst, Dresden 1994 (»Das Medium ist die Botschaft«)

Egmont Hesse (Hg.): *Sprache & Antwort;* Collection S. Fischer, Fischer Taschenbuch Verlag, Frankfurt/Main (Interview mit Sascha Anderson)

Peter Sloterdijk (Hg.): *Vor der Jahrtausendwende: Berichte zur Lage der Zukunft;* Suhrkamp Verlag, Frankfurt/Main (darin: Jean-Pierre Dubost »Die Zukunft des Textes«) 1990

Robert Lowell: *Für die Toten der Union.* Gedichte; Suhrkamp Verlag, Frankfurt/Main 1969

Jurek Becker: *Warnung vor dem Schriftsteller.* Frankfurter Vorlesungen; Suhrkamp Verlag, Frankfurt/Main 1990

Heinrich Böll: *Frankfurter Vorlesungen;* Deutscher Taschenbuch Verlag, München 1968

Auf die Anmerkung einiger Titel, die im Text der Vorlesung vollständig genannt sind, wurde in diesem Verzeichnis verzichtet.

Mein besonderer Dank gilt Lothar Baier. Ohne die ständige Hilfe, die mir die Lektüre seiner Arbeiten gewesen ist, hätte ich einige Ratlosigkeiten beim Verfassen dieser Vorlesungen kaum überwinden können.

Wolfgang Hilbig